岡　山　文　庫

325

井奥行彦　なんば・みちこ

詩と愛の記録

奥富　紀子　編著

日本文教出版株式会社

岡山文庫・刊行のことば

岡山県は古く大和や北九州とともに、吉備の国として二千年の歴史をもち、遠くはるかな歴史の曙から、私たちの祖先の奮励とそして私たちの努力とによって、現在の強力な産業県へと飛躍的な発展を遂げております。

小社は創立十五周年にあたる昭和三十八年、このような歴史と発展をもつ古くして新しい岡山県のすべてを、〝岡山文庫〟（会員頒布）として逐次刊行する企画を樹て、翌三十九年から刊行を開始いたしました。

以来、県内各方面の学究、実践活動家の協力を得て、岡山県の自然と文化のあらゆる分野の、様々な主題と取り組んで刊行を進めております。

郷土生活の裡に営々と築かれた文化は、近年、急速な近代化の波をうけて変貌を余儀なくされていますが、このような時代であればこそ、私たちは郷土認識の確かな視座が必要なのだと思います。

岡山文庫は、各巻ではテーマ別、全巻を通すと、壮大な岡山県のすべてにわたる百科事典の構想をもち、その約50％を写真と図版にあてるよう留意し、岡山県の全体像を立体的にとらえる、ユニークな郷土事典をめざしています。

岡山県人のみならず、地方文化に興味をお寄せの方々の良き伴侶とならんことを請い願う次第です。

◇はじめに

日本の近代詩史上において、岡山出身の詩人―たとえば薄田泣菫、正富汪洋、竹久夢二、有本芳水、永瀬清子等の残した功績は大きく、その後も詩人たちの歴史は脈々と続いている。

そして、昭和から平成にかけて岡山の詩界を牽引し続けた、井奥行彦（1930―2019）となんば・みちこ（1934―）夫妻。井奥行彦が17歳、なんば・みちこが13歳の時、二人はそれぞれ詩人を志した。それから75年の歳月が流れ、その後の二人の文化発展への貢献が多大であることは衆知の通りである。

井奥行彦、なんば・みちこ夫妻は、岡山県を代表する詩人である。岡山のみならず、全国的にも唯一無二の夫婦詩人であるといえるだろう。

これまで各々の詩史を語られる機会はあったが、二人の詩史として、記録として、残しておきたいというお二人の強い想いを形にし、ここに表した。

多くの方々の記憶に刻んでいただきたいと願っている。

井奥行彦　なんば・みちこ　詩と愛の記録　目次

表紙写真／「井奥行彦・山陽新聞賞受賞祝賀会」夫妻で（2001）

◇二人のふるさと・総社

人生の大半を過ごした故郷、総社

寒い冬が過ぎ、ようやく暖かくなった3月のある日、なんば氏と一緒にご実家に伺った。春らしくなった気候と久々の帰郷にうれしそうな表情で感慨深げだった。

庭の手入れは、井奥氏の仕事だったという。立派な松をはじめとした数多くの木々、色とりどりの可愛い花たちが植えられた庭は、井奥氏の心が宿っていた。

見慣れた景色を眺め、時折立ち止まる。終始、柔らかく微笑んでいた。

自宅前に佇む、なんば・みちこ（2021 年 3 月撮影）

自宅から臨む正木山と茶臼山。茶臼山の中腹に井奥が眠る。

私の庭

井奥行彦

私の庭に
フロアナバチが
トンネル状の穴を掘っている
ハチは穴に潜り　しばらくして
出て来て
掘った土を　後ろ向きになって
砦のように
穴の外へ積み上げている
午後の終日　飽くこともなく
その作業を
繰り返す
小さなハチの仕事は
子供の握り拳ほどの
わずかな土の山
そのけなげな作業を
妨げることを　私はしない
他の虫達も妨げに来ない
トンボがときたま　その上を
偵察して行くだけだ
ハチは
穴の口に土を戻し
穴の跡形を残さぬように閉じて
飛び去って行く

それからハチは　青いバッタの子を
空輸して来て
穴に閉じ込める
（穴の中で
バッタに卵を産みつけるのであろう）
これが彼らの
短い夏の
満ち足りた仕事 ——
一日を働いたハチは　やがて
何処かで
命を終える
そのとき
真夏の日盛りの作業を
巨大な
山のように思い出しながら

井奥行彦 原稿「私の庭」

◇井奥行彦の功績

昭和5年（1930）10月21日　福岡県生まれ
昭和20年（1945）岡山県都窪郡早島町に転居
令和元年（2019）6月28日逝去　享年90（満88歳）

【著書（詩集）】

① 1954年『時間のない里』火片発行所
② 1964年『井奥行彦詩集』詩学社
③ 1981年『紫あげは』火片発行所
④ 1988年『サーカスを観た』手帖舎
⑤ 2002年『しずかな日々を』書肆青樹社
⑥ 2012年『死の国の姉へ』　書肆青樹社
⑦ 2013年『帰郷』土曜美術社出版販売

【詩集ほか】

1992年『日本現代詩文庫 井奥行彦詩集』土曜美術社

【受賞歴など】

1982年 第2回「詩と思想」新人賞
1989年 聖良寛文学賞
1996年 岡山県文化奨励賞
2001年 山陽新聞賞
2003年 第36回日本詩人クラブ賞
　　　　岡山芸術文化賞グランプリ
2005年 三木記念賞、総社市文化功労者表彰
2009年 中四国詩人会特別功労者表彰
2012年 地域文化功労者表彰
2020年 日本詩人クラブ物故名誉会員

【井奥行彦の個人詩集】追記

『時間のない里』火片発行所／昭和29年（1954）

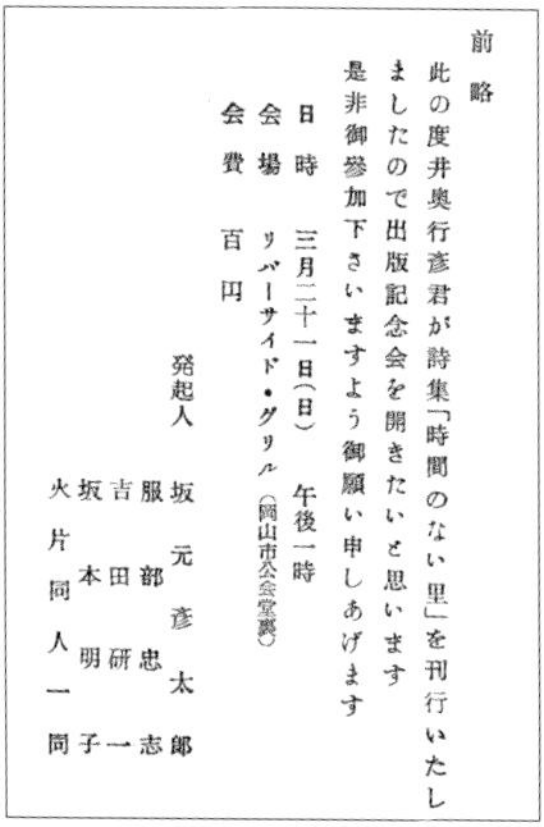

前略

此の度井奥行彦君が詩集「時間のない里」を刊行いたしましたので出版記念会を開きたいと思います

是非御参加下さいますよう御願い申しあげます

日時　三月二十一日(日)　午後一時

会場　リバーサイド・グリル（岡山市公会堂裏）

会費　百円

発起人
坂元彦太郎
服部忠志
吉田研一
坂本明子
火片同人一同

案内状
『時間のない里』出版記念会

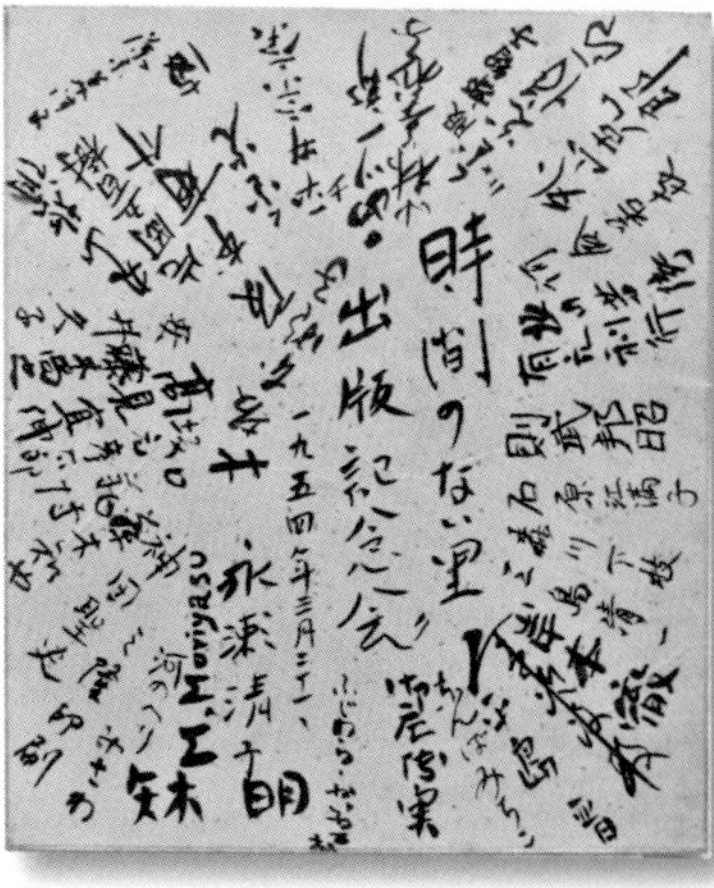

寄せ書き『時間のない里』出版記念会
1954年3月21日

身内の死を早くから経験し、「死」と向き合ってきた井奥氏。「そうした体験から、〝時間〟というものを無意識に意識していたのでは。」となんば氏は分析する。

初めての詩集出版。詩作を始めた頃からお世話になっている師・永瀬清子に序文を寄稿してもらう。

『時間のない里』序　　永瀬清子

井奥さんが、岡山の朝日高校の文学部委員をしていらした時、私に話をしに来てほしいとたのまれたのがお逢いしたはじめだつたと思う。それは私が中江俊夫さんの天城高校へ行つた半年ほど前の昭和二十三年（？）の三月頃だつたろう。

感心したのはたゞ漠然と詩の話を、というのでなく、私の詩の数篇について具体的にその作られた動機や過程を話してほしいと言うきわめて要領のいゝ求め方だつた。私は質問が的を射ている楽な気持で、一篇の詩が年を経ていかに変化してゆくか、又一つのモチーフがいかに異つた二つ以上の作品を生むかという事を、いくつかの例について話すことが出来た。又もう一つ、それが全然文学部の自主的な会合であることにも感心した。戦後のバラック建築の普通の教室、大きな講堂ではなかつたけれども、そして先生方も二三見えてはいたが、非常に親しい会合になつた。（抜粋）

『井奥行彦詩集』

詩学社

昭和39年（1964）

〈詩集に残されていた井奥氏によるメモ書き〉

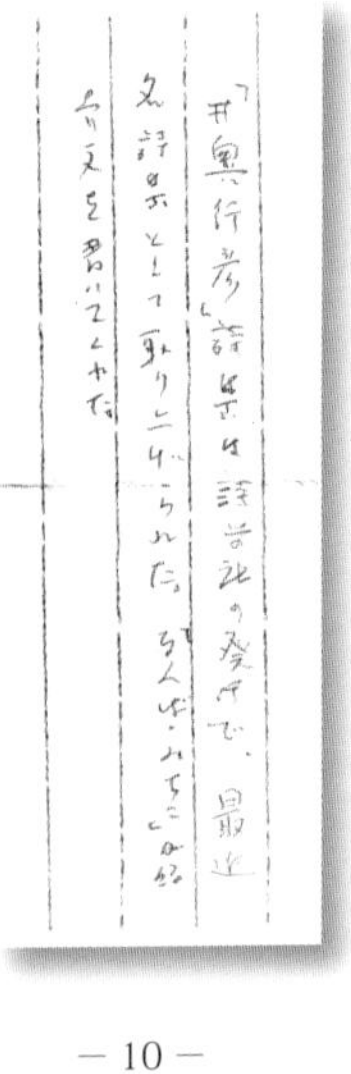

「井奥行彦」詩集は詩学社の発行で、最近名詩集として取り上げられた。「なんば・みちこ」が紹介文を書いてくれた。

『紫あげは』火片発行所
昭和56年（1981）

『紫あげは』かいせつ　　磯村英樹

井奥行彦にとって「少年時代の趣味」は虫と生きることであった。それは虫類図鑑について、各種の虫を捕獲し、分類し標本にして親や先生に褒められて得意になる〝趣味〟ではなく、虫を捕えてきてゼンマイ仕掛けの玩具のように、ペットのように淫する〝趣味〟ではなく、いわば虫たちの生活の真只中に身を置いて虫と対等に呼吸し、せつなく息を弾ませる生き方であった。

（抜粋）

昆虫好きの井奥氏が描く「虫」のイラストには鋭い観察眼に加えて幼少から不変の昆虫愛が凝縮している。

カット絵／井奥行彦

第2回「詩と思想」新人賞
受賞作『紫あげは』

副賞「絶対絶命」岡本太郎作
井奥氏はこの岡本太郎の作品を大変気に入り、大切にしていた。

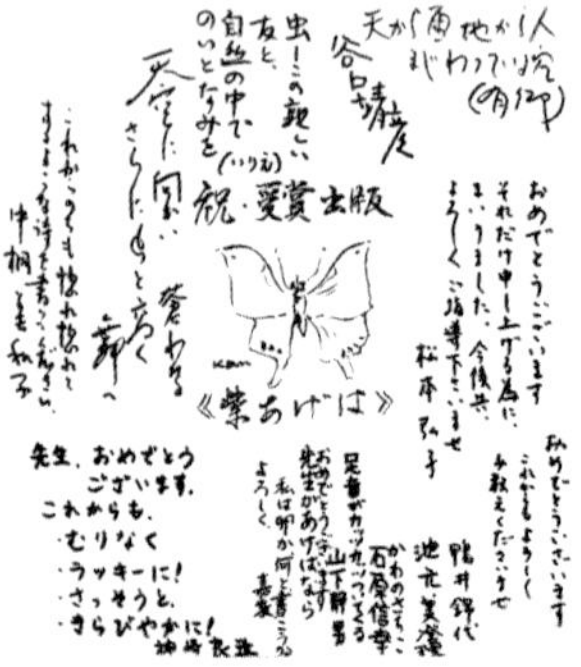

『紫あげは』
祝・受賞出版の寄せ書き

『サーカスを観た』
手帖舎
昭和63年（1988）

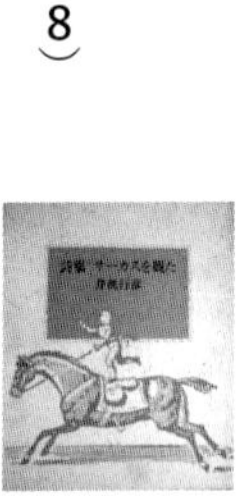

『日本現代詩文庫59 井奥行彦詩集』解説より
永瀬清子

・・・・昭和五十六年の詩集『紫あげは』（手帖舎）は久々の井奥さんの全力投球であり、つづいて六十三年の『サーカスを観た』はまた更に一層大きな収穫であったと思う。最初の『時間のない里』もまじめではあったが、感覚に於いても言葉の洗練に於いても、又構想力に於いても、この二作はかなり段ちがいであり、この年月の井奥さんの大きな成長が感じられるのである。
（抜粋）

夫婦で観たサーカスに影響を受けた井奥氏。サーカスから派生し、人類、地球へと詩を展開。

『しずかな日々を』
書肆青樹社
平成14年（2002）

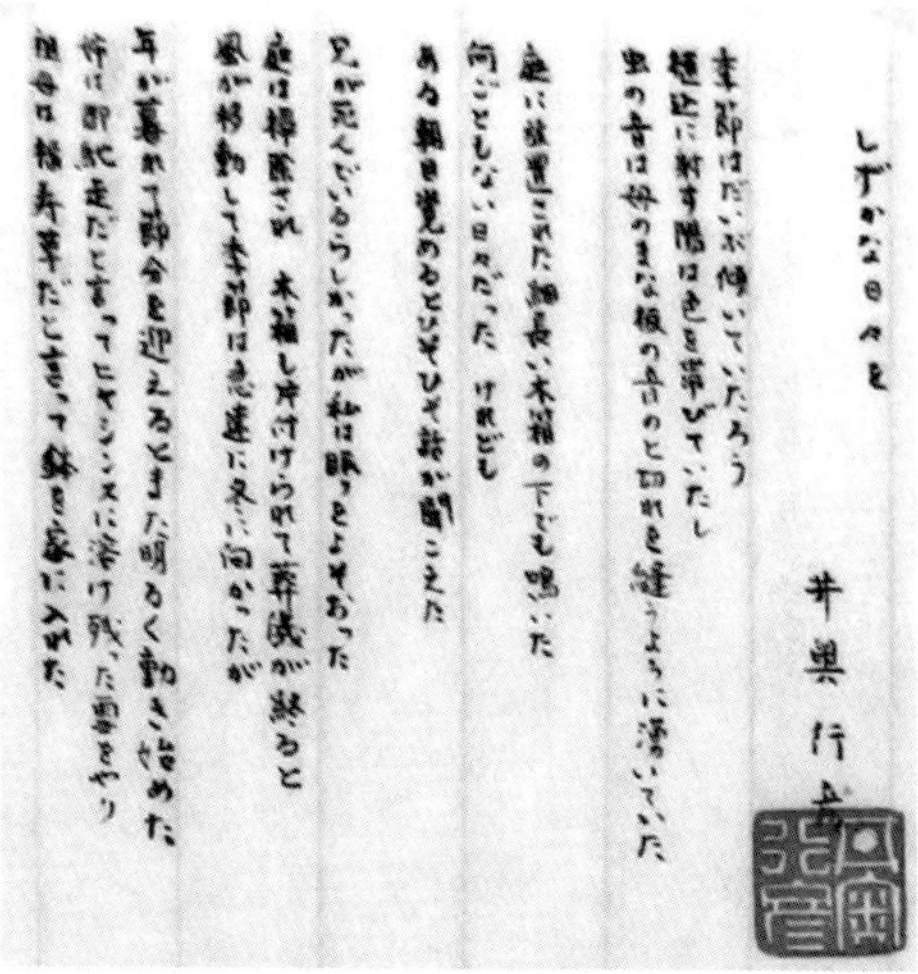
しずかな日々を

井奥行彦

季節はだいぶ傾いていたろう
路地に射す陽は色を帯びていたし
虫の音は母のまな板の音のと切れを縫うように湧いていた
庭に放置された細長い木箱の下でも鳴いた
何ごともない日々だった　けれども
ある朝目覚めるとひそひそ話が聞こえた
兄が死んでいるらしかったが私は眠りをよそおった
庭は掃除され　木箱も片付けられて葬儀が終ると
風が移動して季節は急速に冬に向かったが
年が暮れて節分を迎えるとまた明るく動き始めた
父は節分だと言ってヒヤシンスに溶け残った雪をやり
祖母は福寿草だと言って鉢を家に入れた

原稿「しずかな日々を」

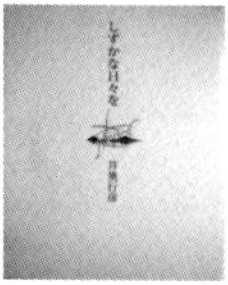

『しずかな日々を』「あとがき」

私が詩を書き始めたのは十七歳、中学校四年（高校一年）生の時だ。以来五十余年、休みなく続けて来たが、一方では長いだけが能じゃあるまいという声に苛まれている。

処女詩集は一九五四年の発行で、以後短くて七年、長くて十年の間隔で詩集を出した。相当の寡作で、どうしてもそれ以上短縮できない。

（抜粋）

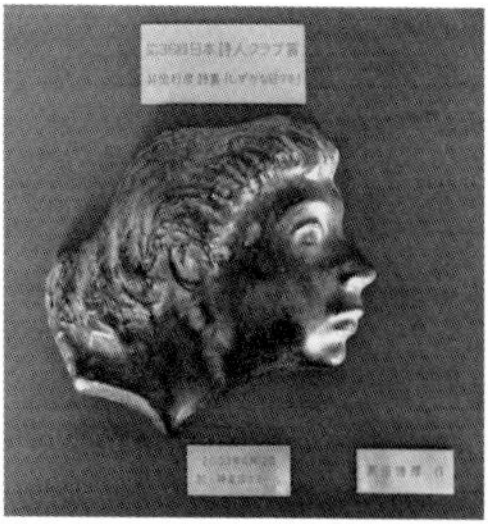

第36回日本詩人クラブ賞
平成15年（2003）

『死の国の姉へ』
書肆青樹社
平成24年（2012）

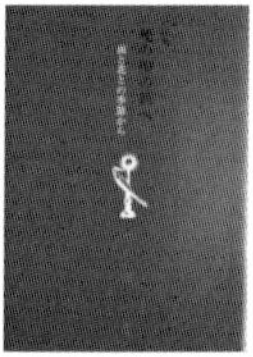

父がいた
母がいた
兄と
弟がいた
遠くには
祖父がいた
祖母がいた
詩「彼岸の日」から
二〇十一年九月　井奥行彦

詩「彼岸の日」から
2011年9月／井奥行彦　書

『死の国の姉へ』あとがき

姉の死からもう五十四年、最初にこの詩を書いてから四十五年。当時の情景はすっかり古くなっています。花々だって、今はこんなに沢山咲き乱れることはありません。政情も、日本の国情も変わり果てました。しかし、情景も国情も手直しせずに発行します。記録として残す方がよいと考えているからです。今は、人類は自然をずいぶん改造しています。人類が自然より優位に立っているつもりですが、昨年三月十一日以来、自然は人間をはるかに超えるものであることも知らされました。（抜粋）

慕っていた姉との別れ。さまざまな感情を抱きながら、長年あたためていた想いを込めてしたためられている。

『帰郷』

土曜美術社出版販売

平成25年（2013）

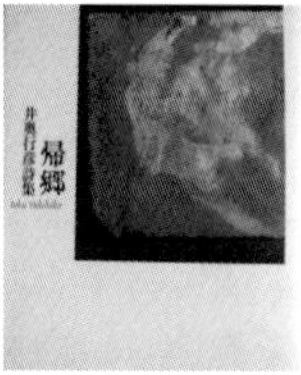

『帰郷』あとがき

私は戦後間もない昭和二十四年に詩を志しました。高校一年生の頃です。昭和二十六年には詩誌「火片」を創刊、以後詩のようなものを中断なく書き続けて来ました。私が詩を書き始めた頃、永瀬清子・吉塚勤治・間野捷魯などの諸先輩が戦後の岡山県の詩界を牽引していました。永瀬氏には高校に来ていただいて詩の話を聞いたり、私の詩集に人物評みたいな序文を何度か書いて戴いたりしました。やがて吉塚氏・間野氏・永瀬氏とつぎつぎに他界されて、年齢だけは私が諸氏なみになりました。（抜粋）

最後の詩集。編集者に送った詩の中に、妻・みちこのことを書いたものがあると後日知った、なんば氏。残念ながら掲載には至らなかった。

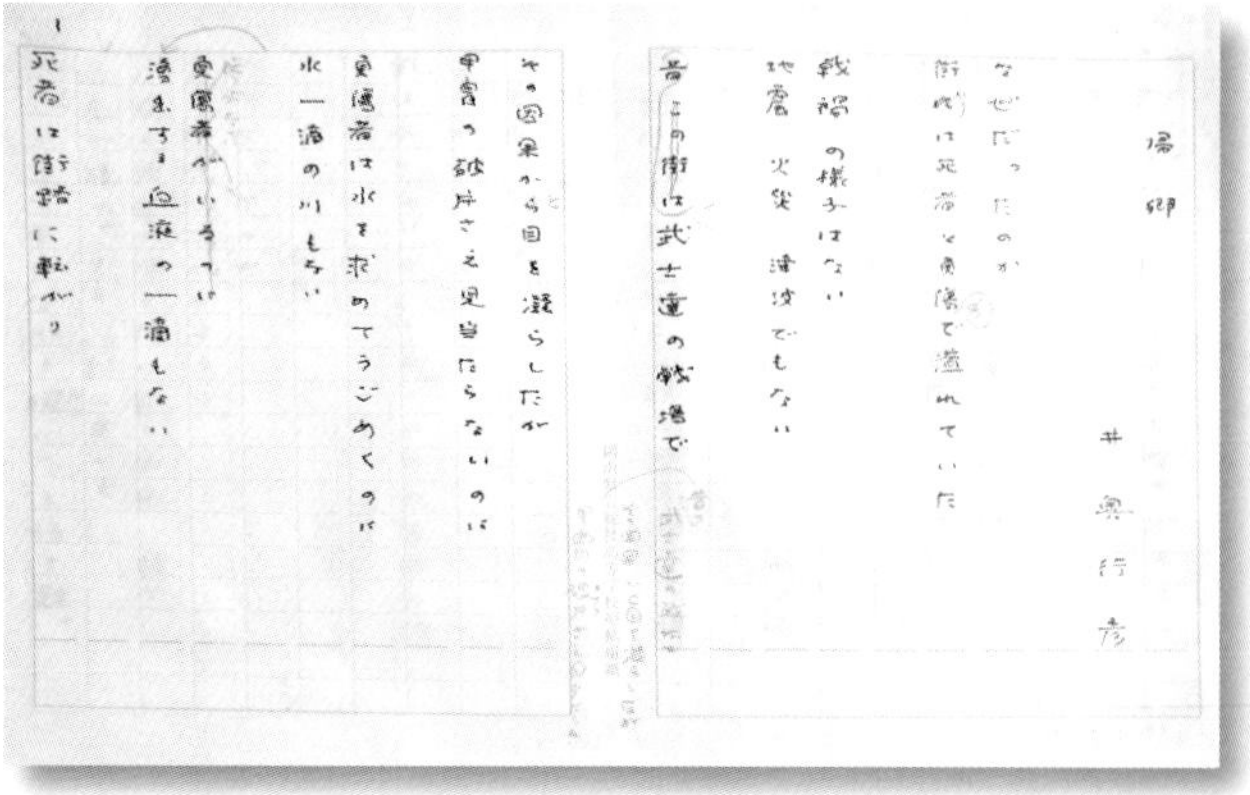

帰郷

井奥行彦

なぜだったのか
街並は死者と負傷者で溢れていた
戦禍の様子はない
地震 火災 津波でもない
昔この街は武士達の戦場で
その因果から目を凝らしたが
甲冑の破片さえ見当たらないのは
負傷者は水を求めてうごめくのは
水一滴の川もない
負傷者がいるのは
滴ます血液の一滴もない
死者は街路に転がり

校正原稿「帰郷」

井奥行彦　受賞の数々

受賞時

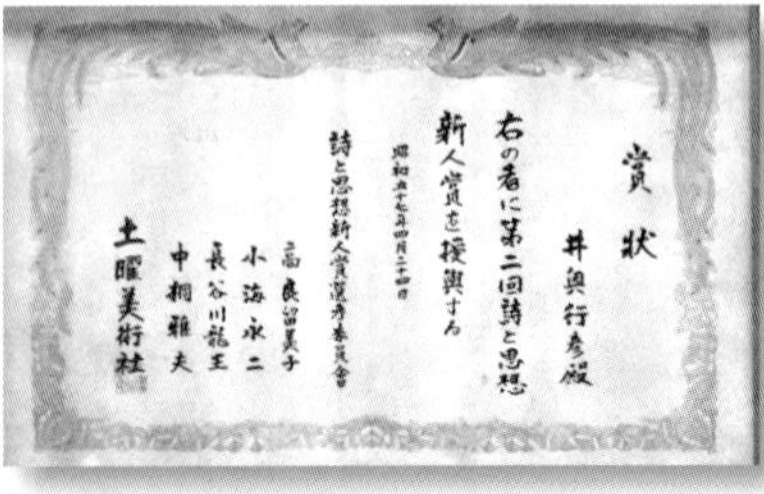

賞状

井奥行彦殿

右の者に第二回詩と思想新人賞を授与する

昭和五十七年四月二十四日

詩と思想新人賞選考委員会
高良留美子
小海永二
長谷川龍生
中桐雅夫

土曜美術社

第２回「詩と思想」新人賞（1982）

聖良寛文学賞
（1989）

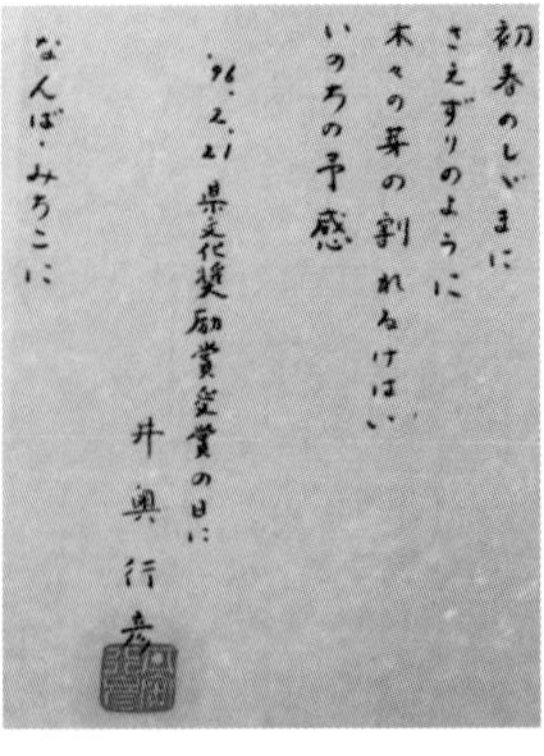

初春のしじまに
さえずりのように
木々の芽の割れるけはい
いのちの予感

'96.2.21 県文化奨励賞受賞の日に
井奥行彦

なんば・みちこに

岡山県文化奨励賞受賞の日に
「なんば・みちこに」

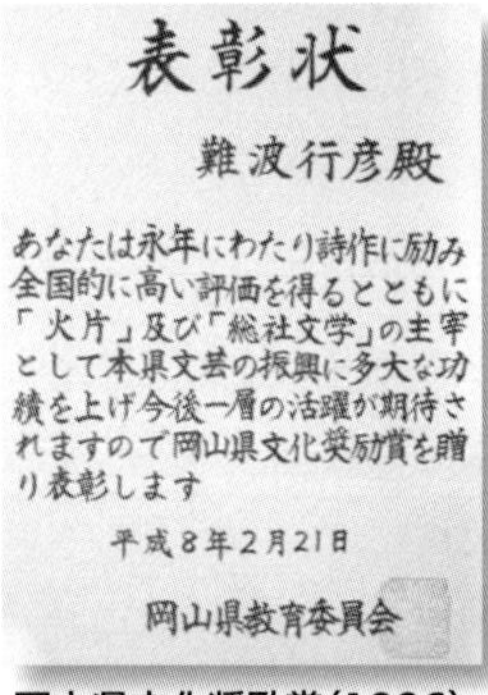

表彰状

難波行彦殿

あなたは永年にわたり詩作に励み全国的に高い評価を得るとともに「火片」及び「総社文学」の主宰として本県文芸の振興に多大な功績を上げ今後一層の活躍が期待されますので岡山県文化奨励賞を贈り表彰します

平成８年２月21日

岡山県教育委員会

岡山県文化奨励賞（1996）

三木記念賞（2005）

日本詩人クラブ賞
（2003）

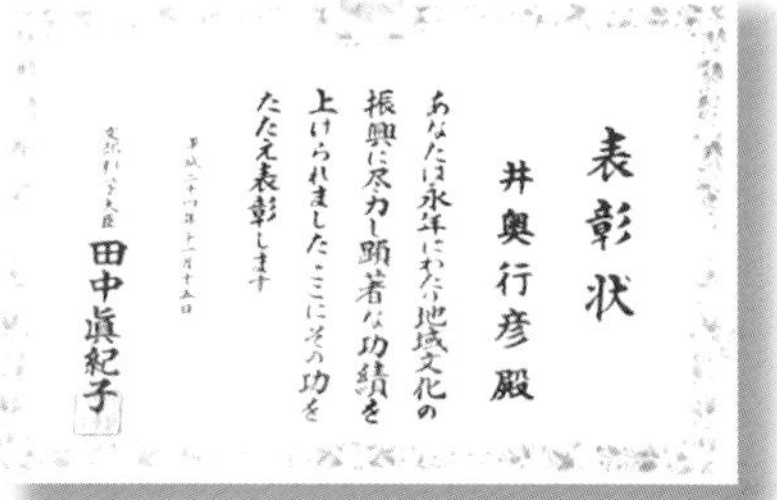

地域文化功労者表彰
（2012）

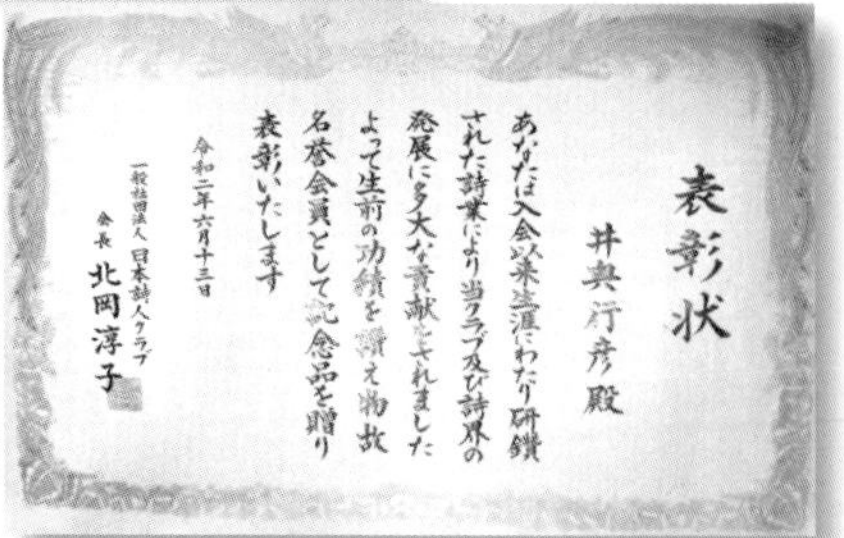

日本詩人クラブ物故名誉会員（2020）

◇なんば・みちこの功績

昭和 9 年 (1934)2 月 24 日
岡山県上房郡高梁町 (現・高梁市) 生まれ

【著書 (詩集)】
① 1961 年『石けりのうた』火片発行所
② 1974 年『高梁川』火片発行所
③ 1981 年『メメント　モリ』火片発行所
④ 1983 年『アイガイオン』火片発行所
⑤ 1989 年『とんと立つ』手帖舎
⑥ 1992 年『伏流水』土曜美術社出版販売
⑦ 1999 年『蜮・IKI』土曜美術社出版販売
⑧ 2004 年『おさん狐』土曜美術社出版販売
⑨ 2008 年『下弦の月』書肆青樹社
⑩ 2014 年『兆し』土曜美術社出版販売

【詩集ほか】
1996 年『日本現代詩文庫 第二期④なんば・みちこ詩集』土曜美術社出版販売
1996 年『詩・写真で綴る 高梁川流域の四季』山陽新聞社 (写真：宮本邦男)
2006 年『モノクロに魅せられて 風早昱源写真集』サンコー印刷 (詩：なんば・みちこ)
2012 年『日中戦争から第二次世界大戦へ』火片発行所 (編著：なんば・みちこ)
2013 年『竜の住む聖地 龍ノ口山』山陽新聞出版センター (写真：難波由城雄)
2013 年『絵本　おさん狐』でくの房 (絵：野村たかあき)
2016 年『トックントックン 大空で大地で』銀の鈴社 (絵：布下満)

【受賞歴など】
1969 年 第 4 回岡山県文学選奨詩部門入選
1981 年 第 25 回全国学芸コンクール 詩部門 (社会人)「坂本ＮＨＫ会長賞」
1990 年 岡山出版文化賞佳作
1994 年 聖良寛文学賞
1999 年 第 6 回丸山薫賞
2000 年 岡山芸術文化賞準グランプリ
2009 年 秋の叙勲 瑞宝双光章
2011 年 山陽新聞賞
2012 年 岡山県文化賞、福武文化賞
2013 年 三木記念賞
2014 年 総社市文化功労者表彰
2017 年 第 3 回児童ペン賞 詩集賞

【なんば・みちこの個人詩集】追記

『石けりのうた』火片発行所
昭和36年（1961）

『石けりのうた』あとがき

十四、五才の頃からの十余年間に書いた作品の中からえらんだものです。
考えてみると、安易で、弱々しい作品ばかりであり、出版することに少し躊躇を感じましたが、散逸してしまうには捨てがたいような思いもし、また次々に新しそうなものが出てはすぐに消えてゆくものの多い現代詩の中で、詩として常にかわらず必要な何かが含まれているようにも思い、出版を決心しました。（抜粋）

「自分自身の心を何とかして書きとめておきたい…。」多感な時代の素直な気持ちを吐露した一冊。

『高梁川』火片発行所
昭和49年（1974）

なんば氏が深く思いを寄せる〝高梁川〟を主題とした詩集。高梁川は、家族や郷里を思い出す、大切な存在である。

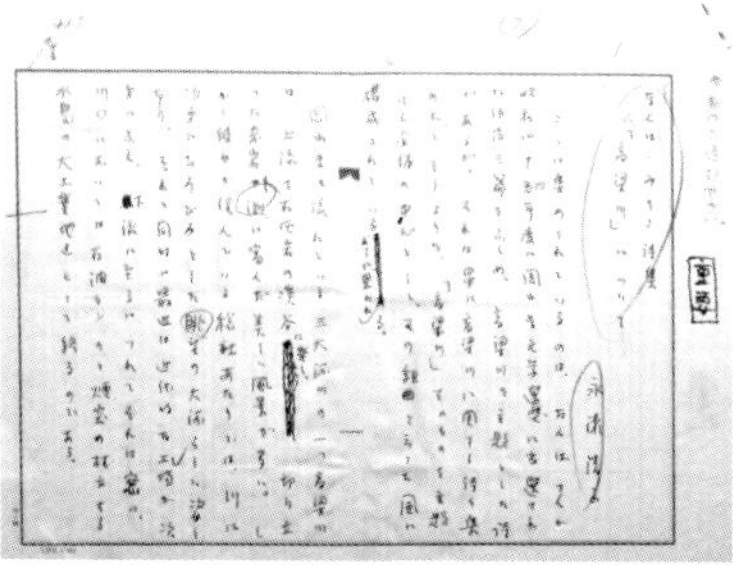

永瀬清子 原稿
「なんば・みちこ詩集『高梁川』について」
師である永瀬清子による書評

『メメント　モリ』
火片発行所
昭和56年（1981）

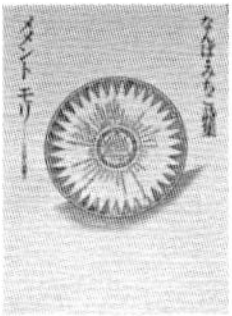

メメント　モリ

わたしの魂は
小さな雫に拾われて
草の葉先にぴかり光り
首をかしげ
もの言いたげにしている
「わたしはここにいるのよ。ここにいるのよ。」

『メメント　モリ』（抜粋）

「メメント モリ」（ラテン語）＝「死を忘れることなかれ」。

「この言葉の意味を知ってこの作品を書こうと思った」と語るなんば氏。

『アイガイオン』火片発行所
昭和58年（1983）

ヨーロッパ5カ国の教育視察派遣のため、1980年10月～11月、海外研修へ。約1カ月の長期出張の間に生まれた作品集となった。その間、日記のように書き綴られたエアメールは、毎日のように日本の家族の元へ届けられていた。

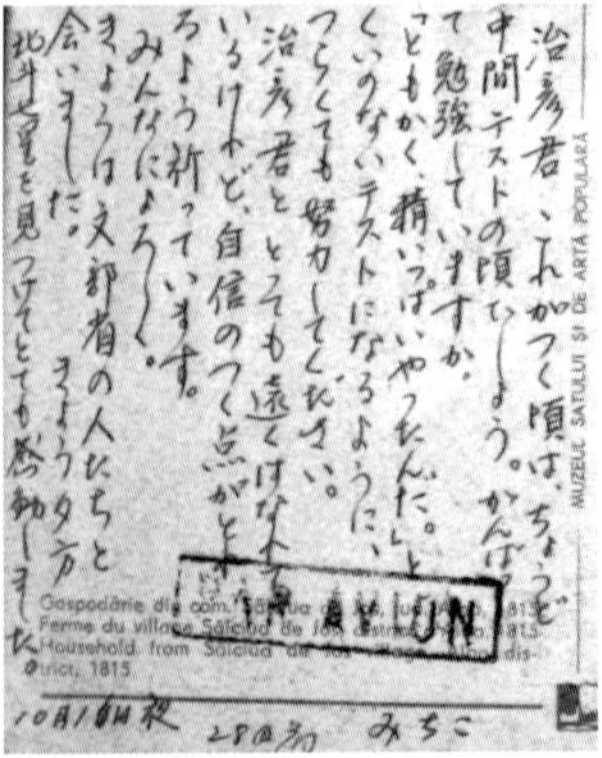
治彦君、これがつく頃は、ちょうど
中間テストの頃でしょう。がんばっ
て勉強していますか。
「ともかく、精いっぱいやったんだ。」と
くいのないテストになるように、
つらくても努力してください。
治彦君ととても遠くはなれて
いるけれど、自信のつく点がと
れるよう祈っています。
みんなによろしく。
きょうは文部省の人たちと
会いました。きょう夕方
北斗七星を見つけてとても感動しました。
10月1日 夜　みちこ

家族へのエアメール

ヨーロッパ5カ国教育視察派遣
ギリシャ・ルーマニア・イタリア・フランス・スイス
(1980年10月〜11月)

『とんと立つ』
手帖舎
平成元年（1989）

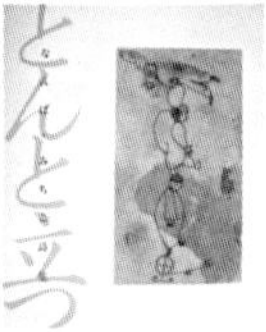

あなたがゆっくり歩くので

あなたがゆっくり歩くので
わたしもゆっくり歩くすべを覚えました
あなたがすぐに立ち止まるので
わたしも立ち止まるすべを覚えました

どんなに多くを
見落としていたか
聞き落としていたか
そして　わかりました

『とんと立つ』

タイトルの『とんと立つ』とは、養護学校の子供達に自立してほしいという願いを込めている。教員生活で初めての養護学校への赴任となったなんば氏。「教育の原点に立ち返ることができた」と語っている。

『とんと立つ』あとがき

集中のほとんどは小学部の子供達を書いたものですが、子供達は、よろこびと痛みと勇気とを私の心に刻みつけてくれました。一人ひとりに深くかかわっている教師や、センターの先生方の努力にも心を打たれました。家族の方達の思いは更に深く私を捕えています。

（抜粋）

『伏流水』
土曜美術社出版販売
平成4年（1992）

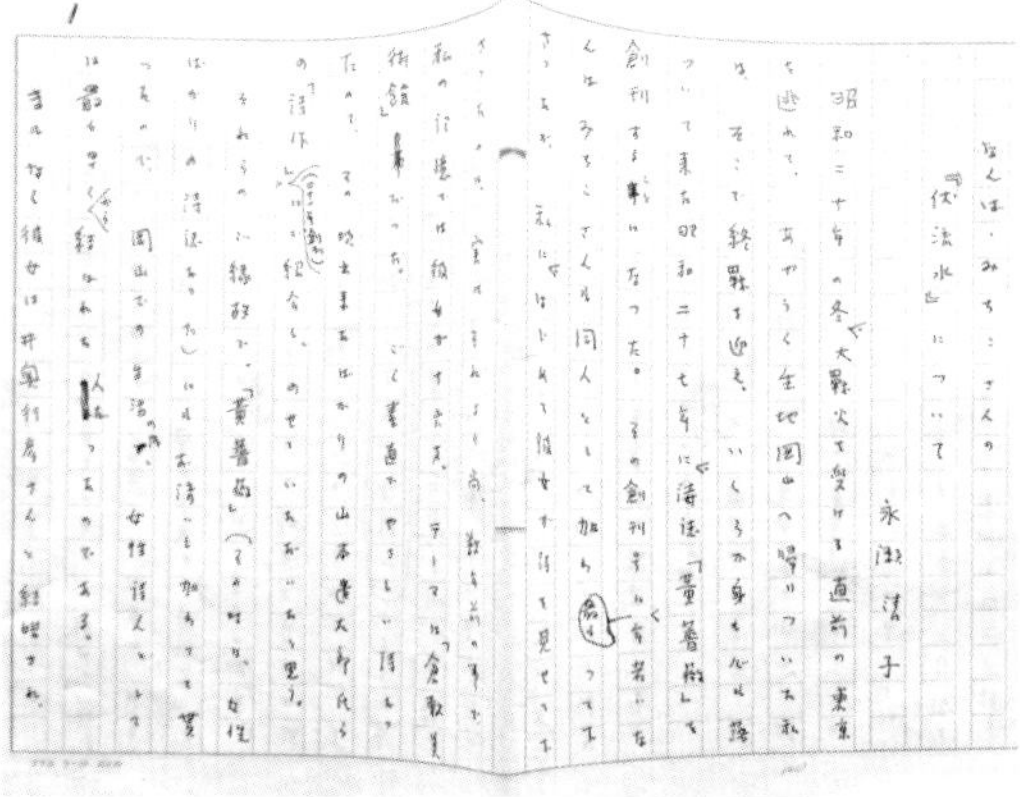

永瀬清子 原稿
「なんば・みちこさんの『伏流水』について」

『伏流水』解説
「なんば・みちこさんの『伏流水』について」
永瀬清子

彼女は岡山県の三大河川の一つである高梁川のほとりで育っていて、その伏流水の思いは彼女に知らず知らずに大きく影響を与えていたにちがいないが、彼女は更にこの一巻に於いて、彼女自身の意識の底を流れている深い流れ、それを他の詩人もまるで気づかなかったほど微妙に、そして美しく書き切っている。つまり彼女の伏流水は高梁川のでなく、彼女自身の内部の「伏流水」なのでもある。

（抜粋）

この作品を「代表作の一つ」と語るなんば氏。永瀬氏にも高く評価されている。

『蜮・IKI』
土曜美術社出版販売
平成11年（1999）

詩集『蜮・IKI』による第6回丸山薫賞受賞により、岡山芸術文化賞準グランプリ受賞。

第6回 丸山薫賞表彰式
(1999)

きれいな河川から生物がいなくなっていく現実…。なんば氏はそのような現代社会を憂い、警鐘を鳴らしている。

『おさん狐』
土曜美術社出版販売
平成16年（2004）

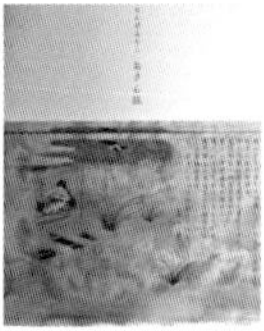

『おさん狐』あとがき

「おさん狐」は「お産をする狐」の意から生まれたとも言われ、全国にいろいろの話が伝えられています。ここに書いたものは、私の家から一キロメートルほど南にある伊与部山に、昔住んでいたと言われる狐の話がもとになっています。幼い頃祖母の良から聞いた話の断片に、私の幼年時代の体験や想像の世界が重なって生まれました。
（抜粋）

朗読会
倉敷考古館にて
(2005)

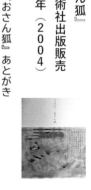

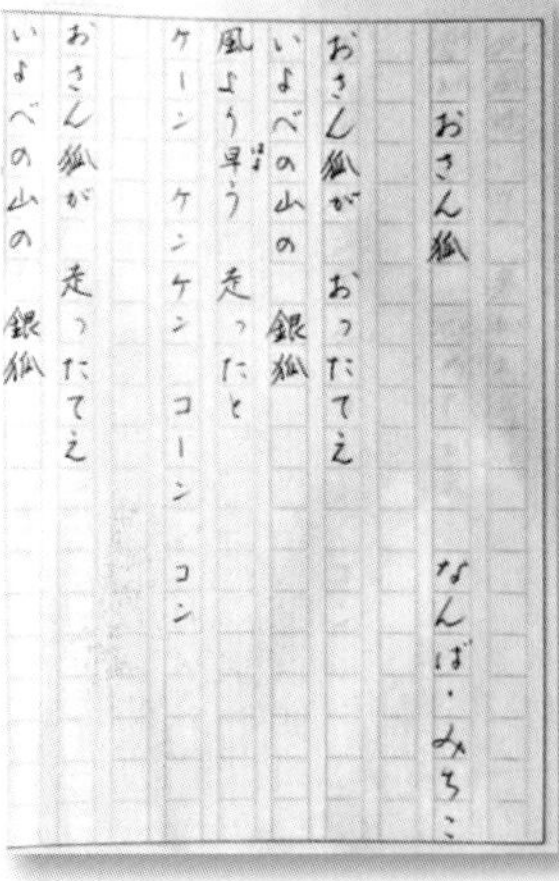

おさん狐　　なんば・みちこ

おさん狐が　おったてえ
いよべの山の　銀狐
風よう早う　走ったと
ケーン　ケンケン　コーン　コン
おさん狐が　走ったてえ
いよべの山の　銀狐

なんば・みちこ 原稿「おさん狐」

『道すがらの記』

……私の心の友だちはおさん狐だった。
子どもの寂しさや苦痛をやわらげてくれるのは、いつの時代も、想像の世界ではないだろうか。不登校や引きこもりの子どもを見ていると、想像の世界を広げて友だちを作ってほしいと思う。
（抜粋）

このたび井奥氏による「おさん狐」の原稿が数枚見つかった。どの原稿も校正され、完全なものはひとつもない。いつ書かれたものかも不明である。なんば氏が『おさん狐』の物語を何編も書いていたこともあり、感化されたのか、単に書いてみたいと思ったのか、真意はなんば氏にもわからない。大変貴重な原稿である。

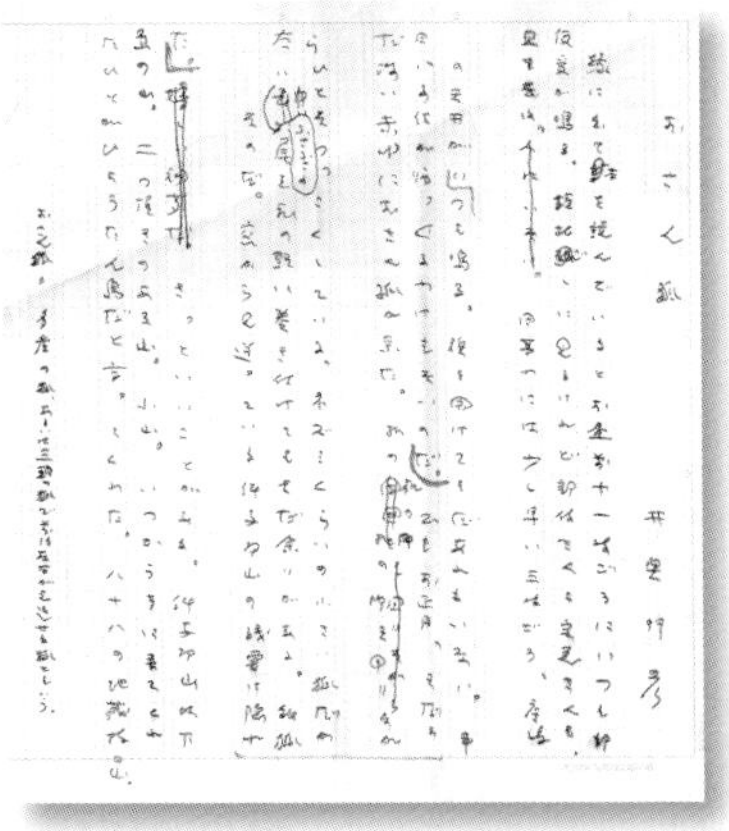

今回発見された未発表原稿
井奥行彦による「おさん狐」

『下弦の月』
書肆青樹社
平成20年（2008）

下弦の月
なんば・みちこ

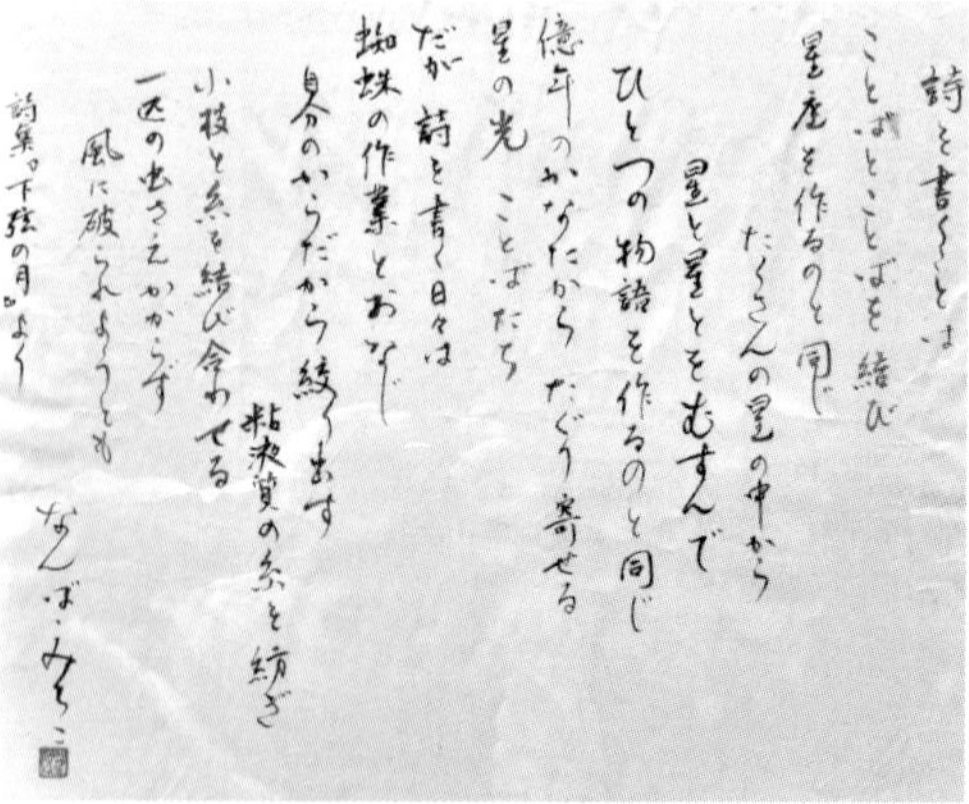
詩を書くことは
ことばとことばを結び
星座を作るのと同じ
たくさんの星の中から
星と星とをむすんで
ひとつの物語を作るのと同じ
億年のかなたから たぐり寄せる
星の光 ことばたち
だが 詩を書く日々は
蜘蛛の作業とおなじ
自分のからだから紡ぎます
粘液質の糸を紡ぎ
小枝と糸を結び合わせる
一匹の虫さえかからず
風に破られようとも
詩集『下弦の月』より
なんば・みちこ

『下弦の月』より／なんば・みちこ　書

『兆し』
土曜美術社出版販売
平成26年（2014）

兆し

「うそ」
国の原点は民《たみ》　ひとりひとり息する人間
赤ちゃんから高齢者
障害のある人　病気の人
国も原点に返ろうよ
文明も文化も　科学も芸術も思想も　歴史も
これから生まれる未来のために
貧しくてもいい
やさしく原点に返ろうよ

『兆し』（抜粋）

近著の詩集。「詩集を出すことは自分への励ましでもある。」と語るなんば氏。今もなお変わらぬ創作意欲を持ち続けている。

なんば・みちこ　受賞の数々

第４回岡山県文学選奨詩部門入選「声」表彰式（1969）
後列右から２人目 山本遺太郎、４人目 永瀬清子
前列左から４人目 なんば・みちこ

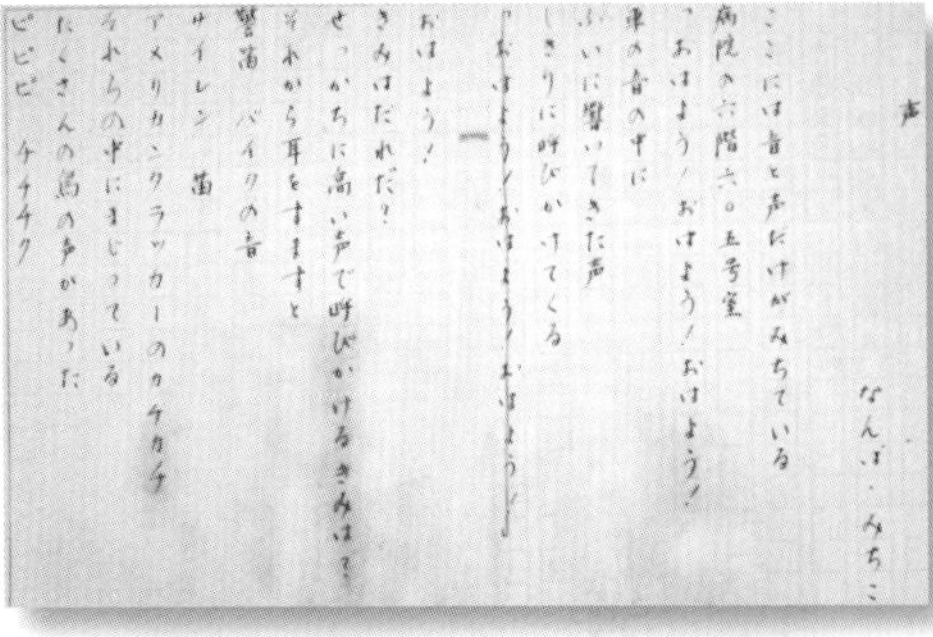

声

なんば・みちこ

ここには音と声だけがみちている
病院の六階六〇五号室
「おはよう！おはよう！おはよう！
車の音の中に
ふいに響いてきた声
しきりに呼びかけてくる
「おはよう！おはよう！おはよう！」
—
おはよう！
きみはだれだ？
せっかちに高い声で呼びかけるきみは？
それから耳をすますと
警笛　バイクの音
サイレン　笛
アメリカンクラッカーのカチカチ
それらの中にまじっている
たくさんの鳥の声があった
ピピピ　チチチク

受賞作 原稿「声」の一部

聖良寛文学賞（1994）

第６回丸山薫賞（1999）

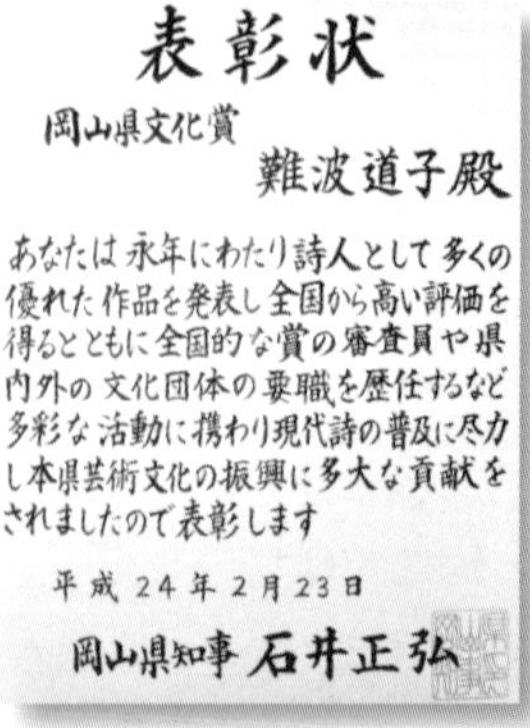

表彰状

岡山県文化賞

難波道子殿

あなたは永年にわたり詩人として多くの
優れた作品を発表し全国から高い評価を
得るとともに全国的な賞の審査員や県
内外の文化団体の要職を歴任するなど
多彩な活動に携わり現代詩の普及に尽力
し本県芸術文化の振興に多大な貢献を
されましたので表彰します

平成24年2月23日

岡山県知事 石井正弘

岡山県文化賞
（2012）

秋の叙勲
「瑞宝双光章」受章（2009）

総社市文化功労者表彰（2014）

三木記念賞（2013）

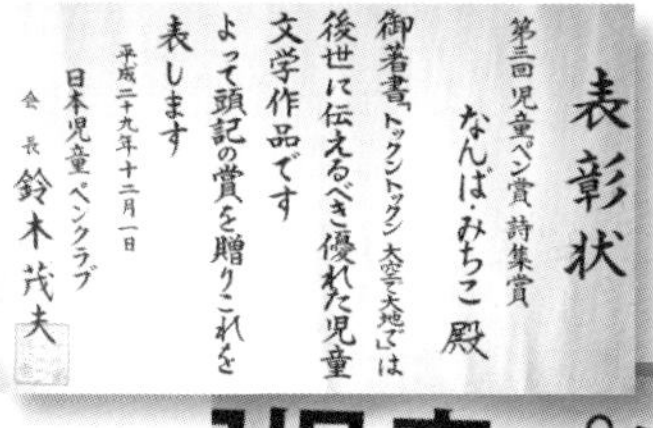

表彰状

第三回児童ペン賞 詩集賞

なんば・みちこ 殿

御著書「トックントックン 大空で大地で」は後世に伝えるべき優れた児童文学作品です
よって頭記の賞を贈りこれを表します

平成二十九年十二月一日

日本児童ペンクラブ

会長 鈴木茂夫

第３回児童ペン賞 詩集賞
（2017）

◇井奥行彦ヒストリー　年譜

西暦	年号	年齢	事項
1930	昭和5		10月21日、福岡県福岡市唐人町堀端で生まれる。父・光宣（旧制高等学校教授）と母・しげの四男一女の三男。
1937	12	7歳	福岡市立草ケ江小学校入学。
1941	16	11歳	太平洋戦争開始。
1942	17	12歳	長兄・吉彦病死（17歳）。
1943	18	13歳	岡山県都窪郡早島町早島小学校高等科入学。
1944	19	14歳	福岡県立修猷館中学入学。稲刈り、飛行場整地に勤労動員される。
1945	20	15歳	祖父・義憲（安養院住職）死去。後継の為、父退官。一家は本籍地岡山県都窪郡早島町の安養院に居を移す。岡山県立第一中学校2学年に転入。末弟・安彦誕生。岡山空襲。焼けた校舎を片付け、岡山城の石段などで授業を受ける。
1946	21	16歳	岡山城にあった中学校舎が再建される。器械体操部選手となる。母・しげの病死（46歳）。
1947	22	17歳	学制改革で中学校4学年が高等学校1学年となり、校名が岡山県立岡山第一高等学校となる。詩人を志す。
1949	24	19歳	文芸クラブ誌「崩城」等に執筆。校名が岡山県立岡山朝日高等学校と改称される。文芸クラブ誌「朝日文学」創刊。同クラブで永瀬清子など招聘。室生犀星、ツルゲーネフ、ヘッセ等を好んで読む。
1950	25	20歳	岡山大学教育学部入学。
1951	26	21歳	大学2年。9月、詩誌「火片」を井奥、坪井宗康、三沢信弘で創刊。6号で坪井、三沢退会。7号は井奥一人で刊行。
1952	27	22歳	岡山市公会堂で反戦詩朗読。
1953	28	23歳	『火片詩集』（火片叢書1）刊行。以後、アンソロジー、個人詩集を叢書として続刊。
1954	29	24歳	大学4年。詩集『時間のない里』（火片発行所）刊行。岡山大学卒業。玉野市立第二日比小学校赴任。姉・恒子病死（25歳）。

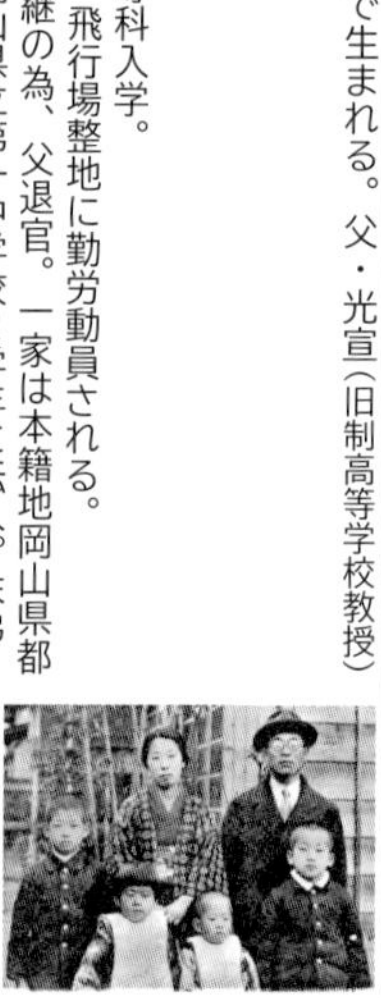

1955	30	25歳	祖母・いち死去。
1956	31	26歳	難波道子と結婚、難波姓となる。筆名を井奥とする。総社市立久代小学校赴任。長女・直子誕生。
1958	33	28歳	岡山県立倉敷青陵高等学校赴任。
1959	34	29歳	『岡山県詩集』編集委員。
1960	35	30歳	岡山県詩人協会設立、理事となる。
1964	39	34歳	詩集『井奥行彦詩集』（詩学社）刊行。
1965	40	35歳	長男・治彦誕生。
1966	41	36歳	岡山県箭田高等学校赴任。
1969	44	39歳	弟・安彦病死（23歳）。
1970	45	40歳	岡山県立児島高等学校赴任。
1972	47	42歳	総合誌「総社文学」創刊。
1974	49	44歳	総社市文学選奨選者となる。岡山県立天城高等学校赴任。
1975	50	45歳	詩誌「舟」創刊、同人（1987年退会）
1976	51	46歳	現代詩研究会・出版記念会で他府県の詩人を招き交流する。
1977	52	47歳	日本現代詩人会に加入（磯村英樹、永瀬清子推薦）。
1981	56	51歳	詩集『紫あげは』（火片発行所）刊行。
1982	57	52歳	第2回「詩と思想」新人賞受賞。岡山県立総社高等学校赴任。
1983	58	53歳	父・光宣死去（92歳）。
1984	59	54歳	日本詩歌文学館評議員となる。
1985	60	55歳	玉野市文化協会現代詩講座講師となる。
1987	62	57歳	「中国・四国詩人の集い」実行委員。
1988	63	58歳	季刊詩誌「橋」創刊同人（1994年、6号終刊）。詩集『サーカスを観た』（手帖社）刊行。
1989	平成元	59歳	「詩と思想」編集参与となる。聖良寛文学賞受賞。
1990	2	60歳	岡山市文学創作講座（岡山市教育委員会主催）現代詩講師。
1991	3	61歳	「91岡山の詩祭」（日本現代詩人会主催）実行委員。備前市文学選奨選者となる。定年退職。
1992	4	62歳	『日本現代詩文庫　井奥行彦詩集』（土曜美術社）刊行。岡山中学校・高等学校講師。

西暦	年号	年齢	事項
1996	8	66歳	岡山県文化奨励賞受賞。金光学園高等学校非常勤講師。
2000	12	71歳	中四国詩人会初代会長。
2001	13	72歳	山陽新聞賞受賞。
2002	14	73歳	詩集『しずかな日々を』（書肆青樹社）刊行。
2003	15	74歳	第36回日本詩人クラブ賞受賞。岡山芸術文化賞グランプリ受賞。
2005	17	75歳	三木記念賞受賞。総社市文化功労者表彰。
2009	21	79歳	中四国詩人会特別功労者表彰。
2012	24	82歳	詩集『死の国の姉へ』（書肆青樹社）刊行。地域文化功労者表彰。
2013	25	83歳	詩集『帰郷』（土曜美術社出版販売）刊行。
2015	27	85歳	『井奥行彦×なんば・みちこ　二人展』開催（於吉備路文学館）。
2017	29	87歳	宝福寺（総社市井尻野）に井奥行彦、なんば・みちこ顕彰詩碑建立。
2019	令和元		6月28日、老衰のため死去。
2020	2		日本詩人クラブ物故名誉会員。

参考／井奥行彦作成年譜、『日本現代詩文庫　井奥行彦詩集』『詩人　井奥行彦　なんば・みちこ夫妻ものがたり』

父と母

父・光宣は明治23年（1890）、香川県香川郡安原村に生まれる。岡山県都窪郡早島町「安養院」（母・しげのの実家）の住職・井奥義憲の婿養子となる。仕事で福岡に赴任していたが、昭和20年（1945）、寺の後継のため、一家で早島町に転居する。

私は母に叱られたこともない。無口で、何か心配ごとを言っても母は私の顔をじっと見るだけで黙っていた。

母・しげの、父・光宣

父は根はやさしいのに気が強かった。私が友達に負けて帰ると「やり返してこい」とは言ったことがあるが「喧嘩をするな」なんて一度も言ったことがない。……父はよく「卑屈になるな、馬鹿にされるような人間になるな」と言った。

（「火片」一五六号）（抜粋）

家族写真（福岡にて）
左から、次兄・匡彦、行彦、母、姉・恒子、父、長兄・吉彦。

詩心の原点～幼少時代～

詩人としての原点は、幼少の〝体験〟や〝感性〟にあると常に語っていた井奥氏。随筆原稿や引用から辿っていきたい。

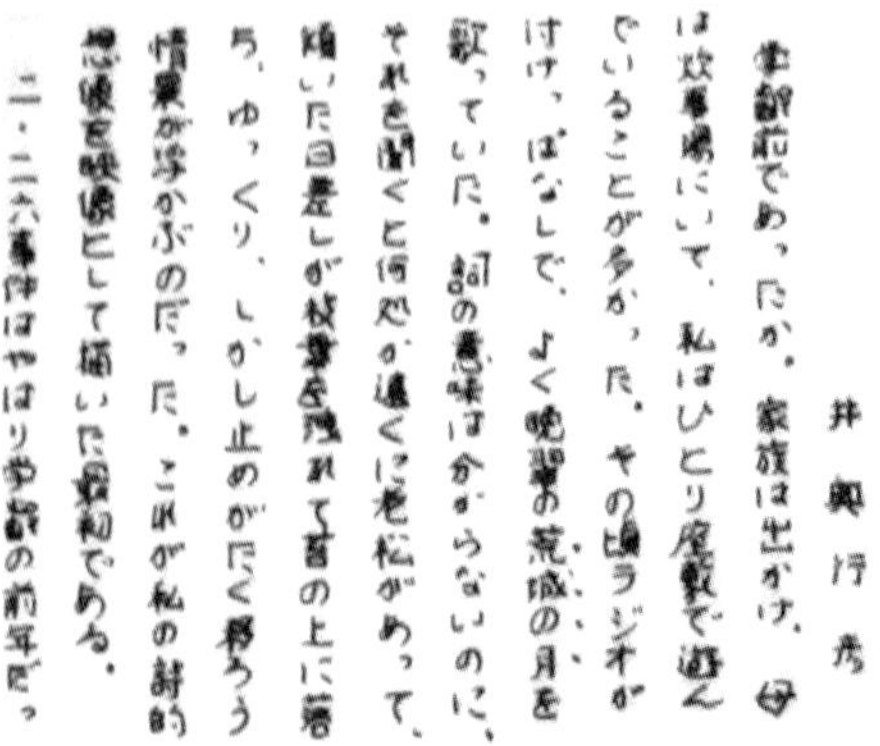

野を越えて

井奥行彦

学齢前であったか。家族は出かけ、母は牧場にいて、私はひとり座敷で遊んでいることが多かった。その頃ラジオがつけっぱなしで、よく晩翠の荒城の月を歌っていた。詞の意味は分からないのに、それを聞くと何処か遠くに老松があって、傾いた日差しが牧場を照らして畜の上に落ち、ゆっくり、しかし止めどなく移ろう情景が浮かぶのだった。これが私の詩的想像を映像として描いた最初である。

二・二六事件はやはり学齢の前年だっ

原稿「野を越えて」（一部）

〝詩的想像を映像として描いた最初である〟「野を越えて」は詩心の源を活字で表現した作品である。

私が詩というものに意識的にかかわることになったのは十七歳のときであるが、詩心の萌芽は無意識ながら幼年時代にあったと思う。

（「火片」一五五号）（抜粋）

すっかり大人になったように見えても、人間の年輪は幼年時代の体験を芯にして成り立っている。それを通してしか現在の自己は見えない。ヘッセの詩人としての哲学の根源は幼年時代を抜きには考えられない。

（「火片」一五五号）（抜粋）

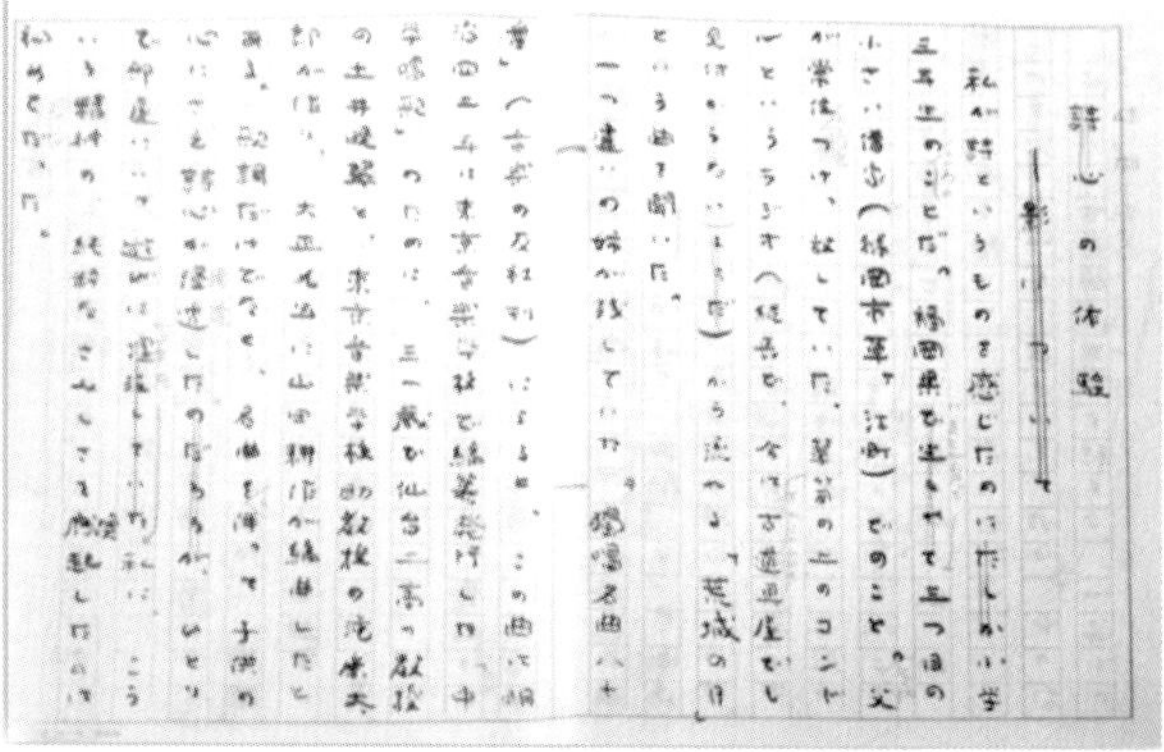

校正原稿「時間の体験」（「詩心」を「時間」に訂正している）

詩を感じ始めたのは小学3、4年生の頃から と自己分析。詩との出会い、詩に向き合う時間の意義が述べられている。

私が詩を感じたのは昭和十四、五年、小学校三、四年のころだ。よくラジオで「荒城の月」が掛かっていた。この歌は土井晩翠の詩に滝廉太郎が曲を付け、山田耕筰が編曲したのが大正九年のことである。

しずかに湧いて来るさみしさ、誰に言ってもしようのない、初めての体験だった。いく度聞いても同じ感慨があった。庭の陽ざしのずっと向こうに、まだ暮れない野に、老松の枝々を洩れる陽が幾すじか苔の地面を移ろうのだった。私の、最初の「時間」の具象的体験である。時間は死の認識であり、体験でもあった。

（「詩と思想」二四九号）（抜粋）

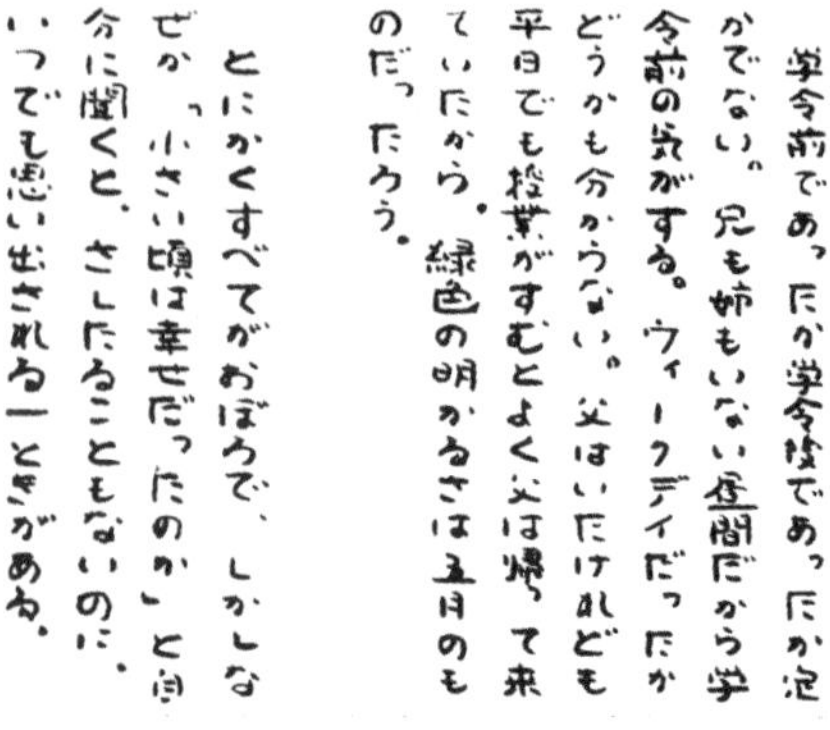
幼年時代

井奥行彦

学令前であったか学令後であったか定かでない。兄も姉もいない昼間だから学令前の気がする。ウィークデイだったかどうかも分からない。父はいたけれども平日でも授業がすむとよく父は帰って来ていたから。緑色の明かるさは五月のものだったろう。

とにかくすべてがおぼろで、しかしなぜか「小さい頃は幸せだったのか」と自分に聞くと、さしたることもないのに、いつでも思い出される一ときがある。

原稿「幼年時代」（一部）

〝小さい頃は幸せだったのか〟と自分自身に問うとき、思い出されるひとときとして描かれた「幼年時代」。何気ない日常の一コマではあるが、繊細な少年の心が鮮明に浮かび上がる。

幼少とは生涯消滅せず、止揚され深化していくパーソナリティの源流である。我が国だけでなく、作家や詩人の作品は幼少から青年期を抜きにしては成立していない。

（「詩と思想」二四九号）（抜粋）

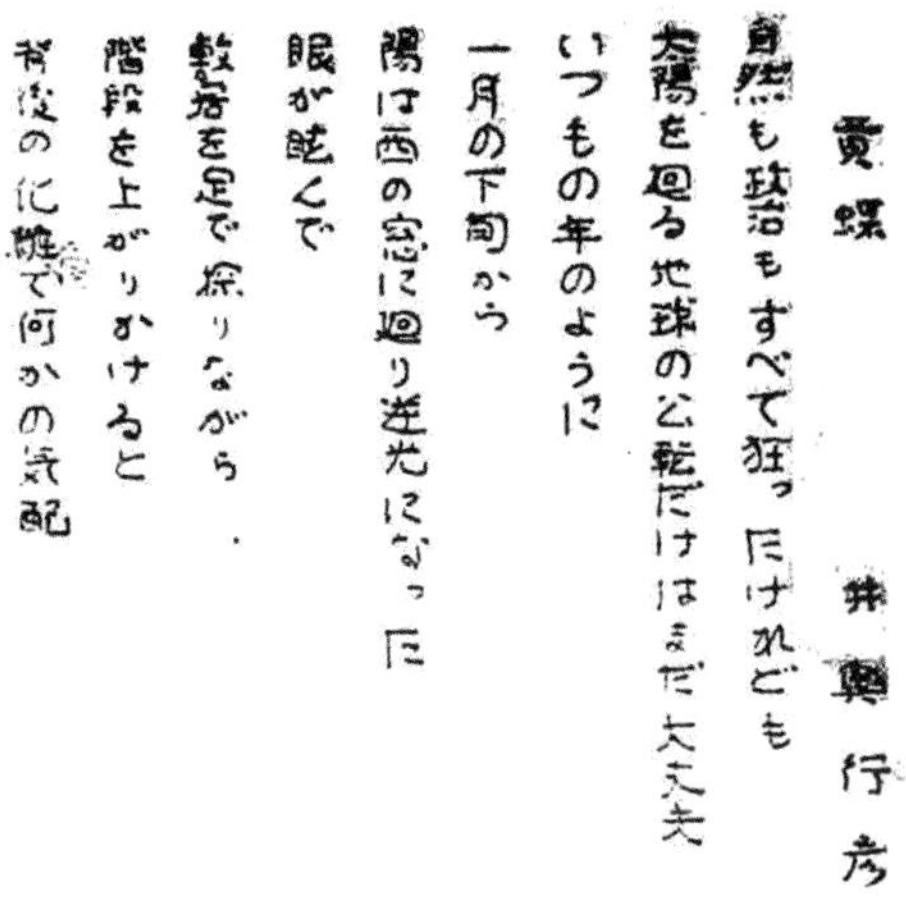
黄蝶　井奥行彦

自然も政治もすべて狂ったけれども
太陽を廻る地球の公転だけはまだ大丈夫
いつもの年のように
一月の下旬から
陽は西の窓に廻り逆光になった
眼が眩くて
敷居を足で探りながら
階段を上がりかけると
背後の仏壇で何かの気配

原稿「黄蝶」（一部）

幼少の多くの時間を私は山野で過ごした。昼時には帰って来たが、食事が終るとまた出かけて薄暗くなってから山を降りることが多かった。……私にとって昆虫とは何であったのか。今でもよく分からない。鍛え抜かれた選手の筋肉のようにスリムなクワガタムシの背、ほどよい反りのある一対ののこぎり、カブトムシの角。虫の姿を見ると心がどきどきした。

（「火片」一五七号）（抜粋）

【井奥日記】二〇一八年十月三十一日（水）晴
今日も晴れると黄色い蝶がやって来て一羽、一羽でさびしそうだった。
次第に寒くなると蝶もさみしい。一日中寝ているといろいろのことを思うが仕方がない。
やがて寒くなる。どうしようもない。（抜粋）

※井奥日記…52頁参照

小学６年頃／立っている前列右から３人目

修学旅行の挨拶などで、よく「よい思い出をつくって下さい」なんて言うけれど、人は思い出をつくるために生きるのではない。子供はその時の思いのままに生きている。与えられた状況を許容するだけで、拒絶できないままに。成長して後に、何が自分にとって重要な意味を持つ体験であったかを知るときが来る。それが思い出の意味だ。

大人から見れば取るに足らない、微笑ましい程度の子供の恋や小さな罪の意識、約束、背信、別れ、死、憧憬、願望、絶望…それら一切との出合いと結末。すでに通り過ぎたものの意味に気付くときに人間というものが何であるかを知るのだ。

（「火片」一五五号）（抜粋）

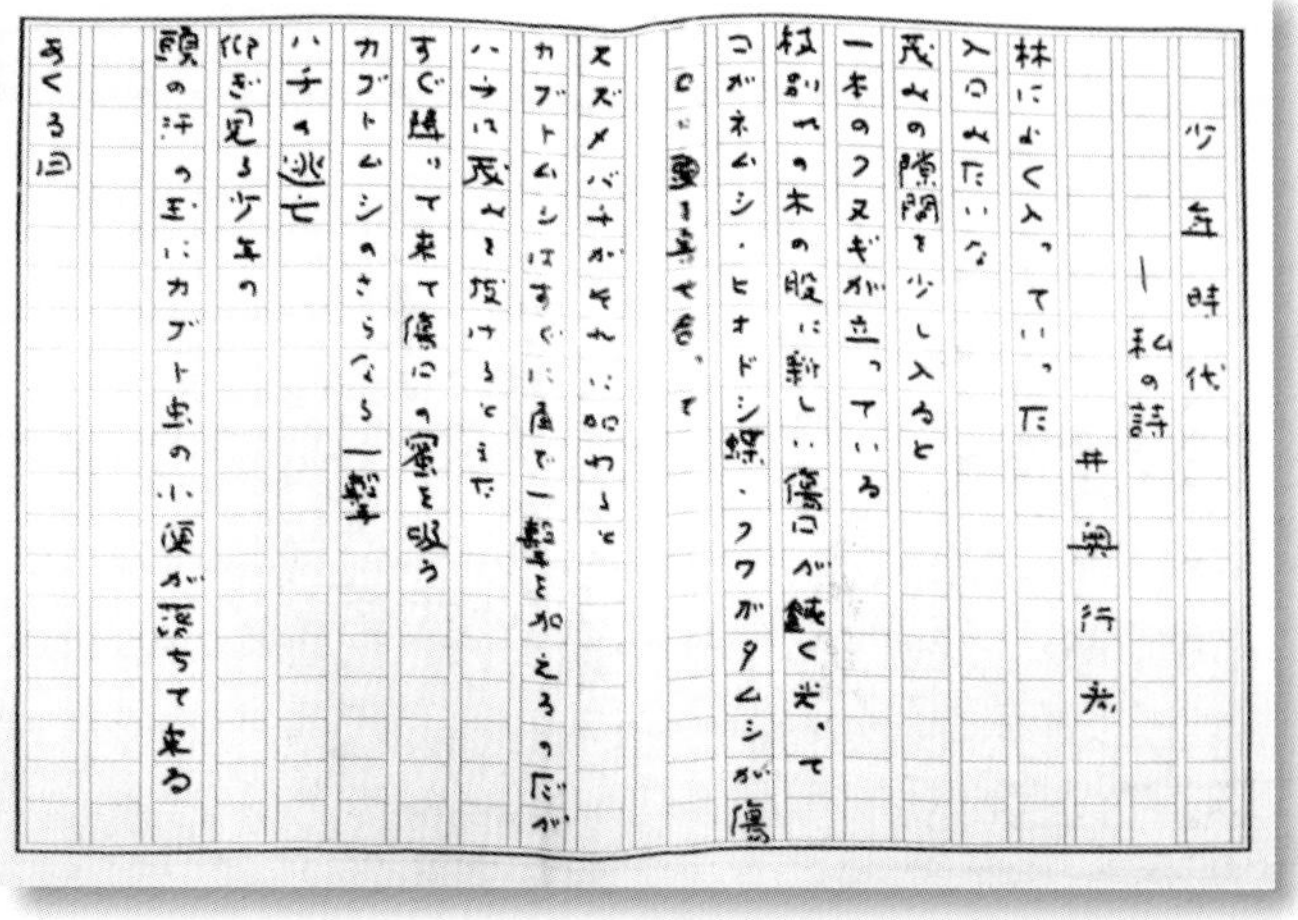

少年時代

―私の詩

井奥行彦

林によく入っていった

入口みたいな

茂みの隙間を少し入ると

一本のクヌギが立っている

枝別れの木の股に新しい傷口が鋭く光って

コガネムシ・ヒオドシ蝶・クワガタムシが傷

口に蜜を寄せてる。

スズメバチがそれに加わると

カブトムシはすぐに角で一撃を加えるのだが

ハチは茂みを抜けるとまた

すぐ戻って来て傷口の蜜を吸う

カブトムシのさらなる一撃

ハチの逃亡

仰ぎ見る少年の

頬の汗の玉にカブト虫の小便が落ちて来る

あくる日

草稿「少年時代―私の詩」（『帰郷』掲載詩と一部異なる）

「少年時代―私の詩」は、井奥氏の少年時代が垣間見られる詩である。詳らかな昆虫観察や昆虫への興味はこの頃に培われたものだろうか。

昆虫を好んで山野に入るのは、別に逃避のつもりではない。昆虫のどこが魅力かと問われれば今でも分からないが、昆虫があの樹にいると思うと胸がどきどきした。色彩や形だけに打たれたのでもない。煮えるような暑い日の林の蔭で、何だか虫たちの網目のような眼が私の顔をじっと視ているようにも思えた。

（「詩と思想」二四九号）（抜粋）

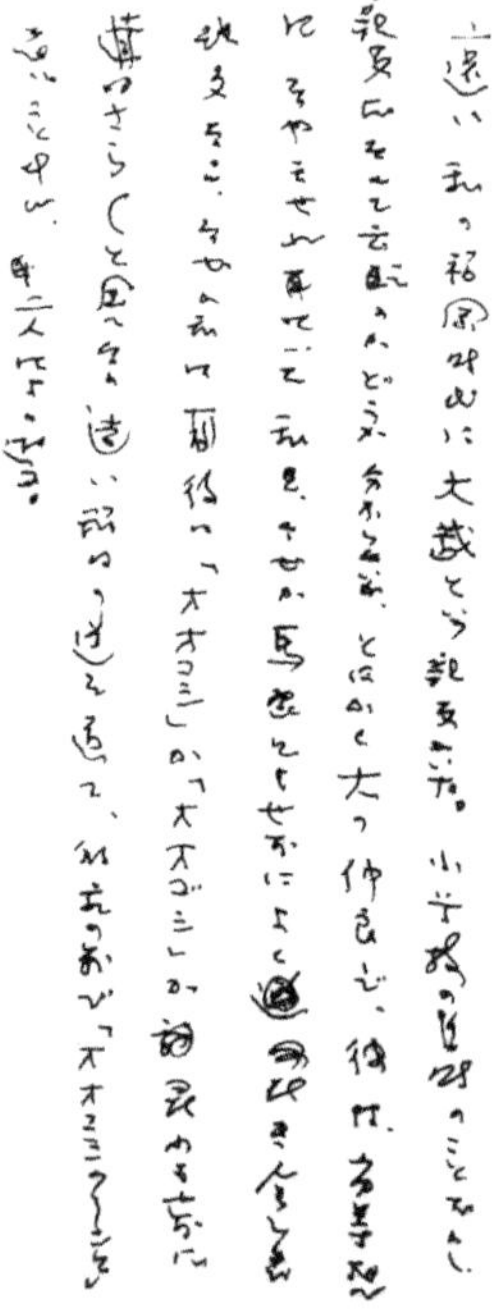

小学生時代を回想したエッセイ

「劣等感に悩まされていた私」
と自己分析する井奥氏。

空襲体験を語る

自ら体験した岡山空襲について、生々しくも淡々と語っている。

警報もないのに、鈍い地響きがドスンドスンと聞こえた。腹に少々ひゞいた。すぐ爆弾だと分かった。庭に出て見ると、すぐ近く、隣の町の妹尾のあたりの出来事に思われた。小雨の降るような、軽快な、やゝ金属的なサーというような音で、しだれ柳の花火に見えた。キレイだ、という以外にない程キレイで、あの火の下で、焼かれる蟻の様に走る人も、防空壕の中で蒸されて死ぬ人のことも思い浮かばなかった。長い間、方々にしだれ柳の花火が見えたが、恐ろしいとも感じなかった。

（「火片」八十号）（抜粋）

かわいそうだとも、悲しいとも思わなかった。
何とも思えなかったのである。
失意のためであったわけではない。
何とも思わぬように育てられたというのが
正しいように思う。　（「火片」八十号）（抜粋）

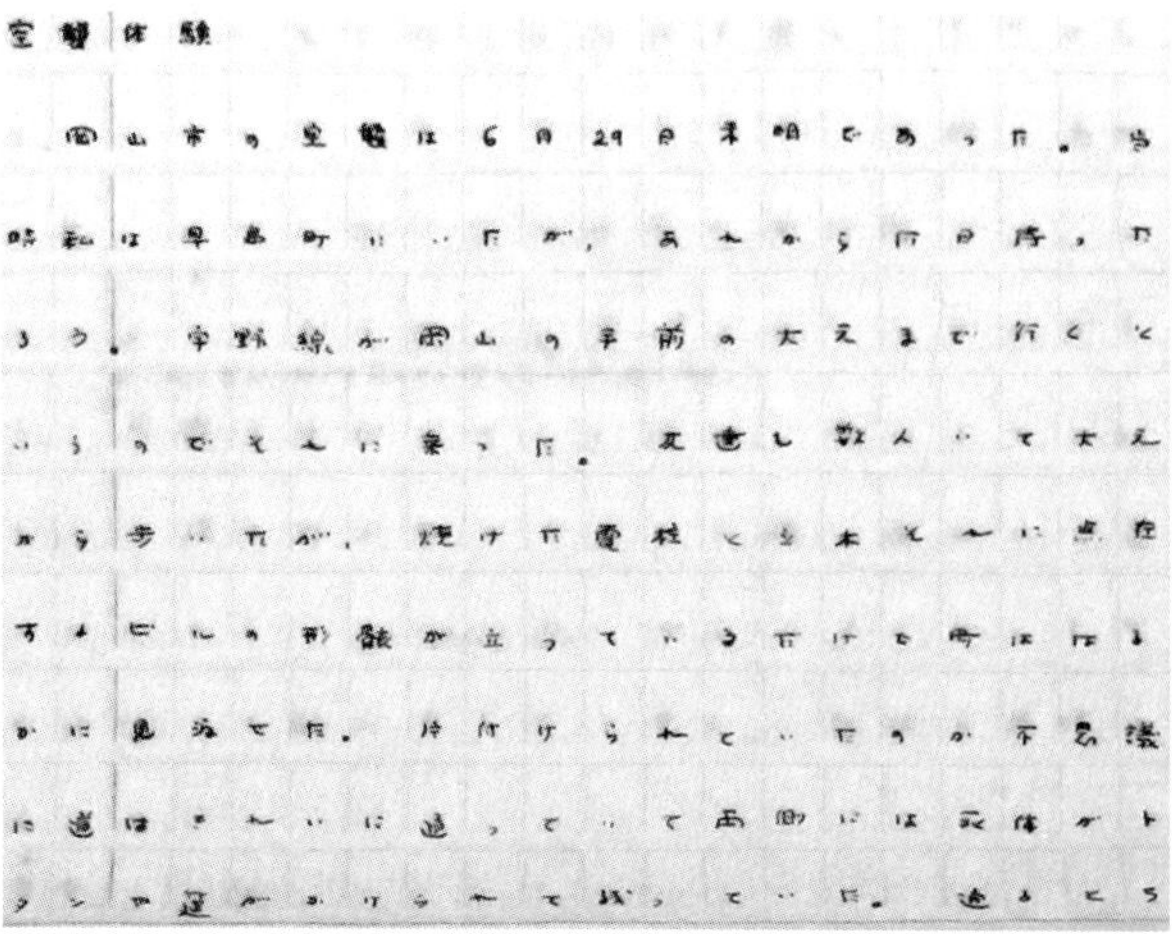

原稿「空襲体験」

岡山市の空襲は6月29日未明であった。当時私は早島町にいたが、あれから何日待ったろう。宇野線が岡山の手前の大元まで行くというのでそれに乗った。友達と数人いて大元から歩いたが、焼けた電柱と立木とそれに点在するビルの形骸が立っているだけで町ははるかに見渡せた。片付けられていたのか不思議に道はきれいに通っていて両側には死体がトタンや筵がかけられて残っていた。……

青年時代

昭和21年（1946）、16歳の頃。岡山一中の器械体操部の選手となる。

私は体操部に入って器械体操をしていた。私にも二つだけ取り柄があった。一つは子供のときの歌。教師も「井奥、声の良かけん歌うてみれ。」と言ったし、父は「行ちゃん、荒城の月を歌うてくれんか。」など、ボーイソプラノだった。声楽家になりたいと一度思ったことがあるが、子供の声は大人になるとだめなのだ。もう一つは鉄棒。兄と散歩に出てよく運動場でやっていて、これだけは私の方が上手かった。これも年とるとやれないので退部した。

（「詩と思想」二五〇号）（抜粋）

井奥氏は、朝日高校の服部忠志先生に作品を読んでもらい、吉塚勤治氏を紹介された。吉塚勤治氏は永瀬清子氏と付き合いがあり、井奥氏と永瀬氏の交流も始まった。

岡山一中政経部（前列右、井奥）

私は高校生の頃から、何冊かのヘッセを読んだ。その頃本当にはヘッセは分っていなかったと思う。ヘッセの中にある東洋的な無常観のようなものにひかれていたくらいの、幼い少年であったが、分らぬままに、ヘッセが好きでならなかった。

私はその頃から、詩人になりたいという夢を抱いた。今思うと、個とは、人の詩では満足できない、自分が詩人になろうと思った、その理由の中にこそあるはずであった。

（「火片」一一〇号）（抜粋）

中学四年のことだが、服部忠志という国語の先生がいた。「龍短歌会」主宰の歌人で、授業で短歌を作らせ、すぐ選んで読み上げられた。意外に五首も私のがAランクで、このときから短歌を作り始めた。……百首足らず詠んで服部先生に見てもらううちに、啄木や藤村の詩を読み始めた。「僕はこれから詩を作ろうと思います。」と言うと、「そうか、何でもやろうと思うことはやれえ。」と言ってくれた。短歌にこだわらない師の大きさが今も忘れられない。その後、吉塚勤治、永瀬清子に紹介してくれた。

（「詩と思想」二五〇号）（抜粋）

朝日高校時代
六高生の兄（右）と
岡山市表町（当時）にて

朝日高校文芸部

前列左から井奥、服部忠志先生

岡山大学時代

前列右から２人目、井奥

後列中央、井奥

大学3年文芸部／左端、井奥

私は十七歳のときに詩を志した。今になって考えてみると、とても詩ではないものに何十年もの幾月をかけてしまったが、その間（と言っても、主にその前半）しきりに批判された。批判の趣意は主に二つ、一つは追憶は感傷に過ぎない。もう一つは自然は古いということ。しかし、幾度言われても、その度に、「これが書きたくて書き始めたのだし、書き続けても来たのだ」と頑固なまでに自分に言い聞かせた。

（「詩と思想」二四七号）（抜粋）

学生時代の文学活動

昭和20年（1945）、岡山県立第一中学校2学年に編入。昭和22年（1947）、学制改革により校名が岡山県立岡山第一高等学校となる。昭和24年（1949）、文芸クラブ誌の「崩城」等に執筆。学校名が岡山県立岡山朝日高等学校と改称され、文芸クラブ誌「朝日文学」を創刊。当時永瀬清子を招聘《しょうへい》した井奥氏の印象を記したエッセイが残っている。

学生時代の文学活動は活発であった。

が詩を校内で発表していたからかどうか、当時、学校に文芸誌がいつもになく沢山発行され、詩などを書く友人が多く、この世代に書き始めた詩人が岡山に多い。戦中に抑圧され、欺され、戦後、やっと目覚めたせいもあるだろう（今の時代もそうかも知れない）。「朝日文学」という新しい文芸雑誌も私どもの創刊、今も続いているようだ。

（「詩と思想」二五〇号）（抜粋）

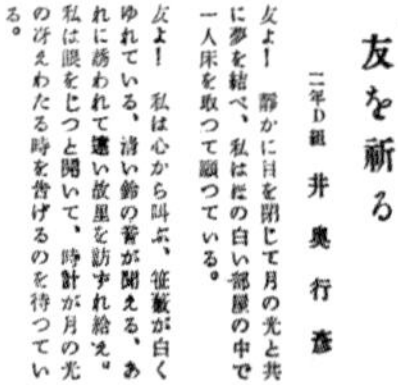
友を祈る

二年D組　井奥行彦

友よ！　静かに目を閉じて月の光と共に夢を結べ、私は此の白い部屋の中で一人床を取つて願つている。

友よ！　私は心から叫ぶ、薔薇が白くゆれている、清い鈴の音が聞える、あれに誘われて遠い故里を訪ずれ給え。

私は眼をじつと開いて、時計が月の光の冴えわたる時を告げるのを待つている。

井奥氏からなんば氏宛のハガキ（1952年7月2日付）

岡山大学で撮影した井奥氏のポートレート（写真①）。その写真裏面に添えられた詩（写真②）。「時間のない里（6）」と記されているが、実際は『時間のない里』（火片発行所）の「時間のない里（5）」に収録。また、黒線部分は掲載されていない箇所。

写真①

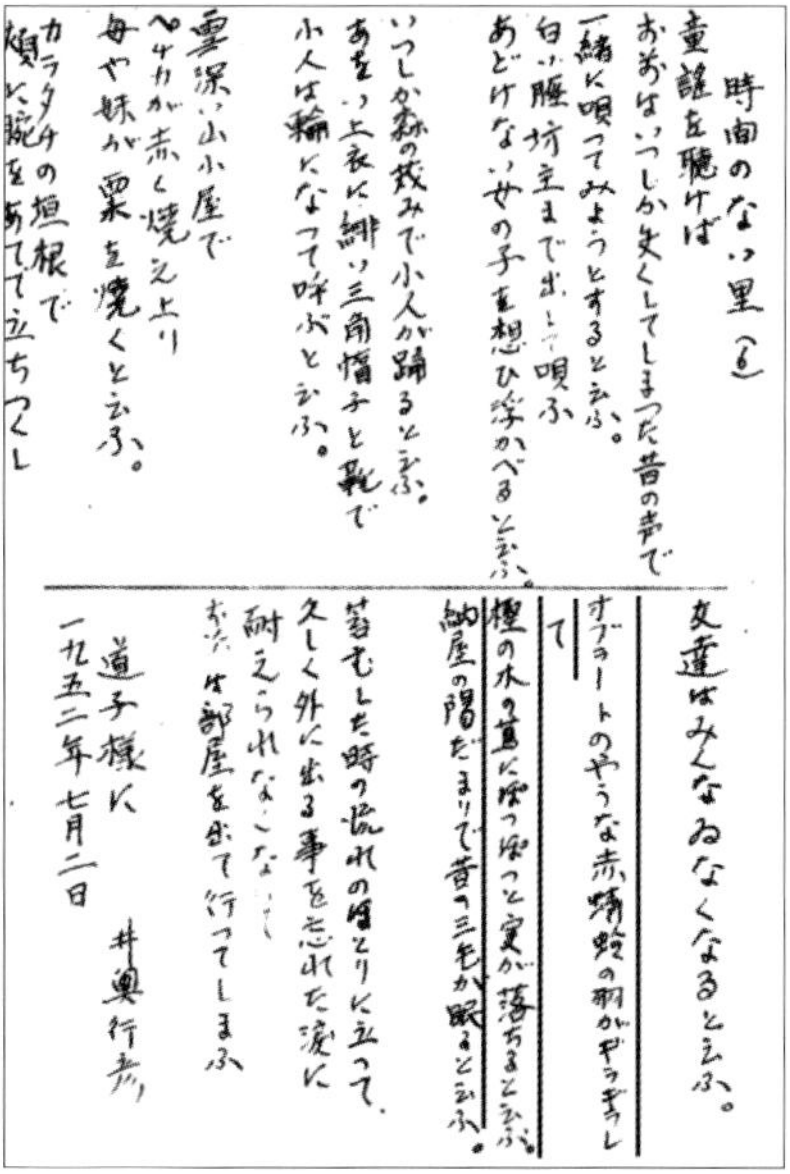

時間のない里（6）
童謡を聴けば
おおはいつしか失くしてしまつた昔の声で
一緒に唄つてみようとすると云ふ。
白い腕坊主まで[illegible]唄ふ
あどけない女の子を想ひ浮かべるといふ。
いつしか森の茂みで小人が踊るといふ。
あかい上衣に紺い三角帽子と靴で
小人は輪になつて呼ぶといふ。
雲深い山小屋で
ペチカが赤く焼え上り
母や妹が栗を焼くといふ。
カラタチの垣根で
頬に腕をあてて立ちつくし
友達はみんなゐなくなるといふ。
オブラートのやうな赤蜻蛉の羽がギラギラして
檀の木の實にぽつぽつと実が落ちるといふ。
納屋の陽だまりで昔の三毛が眠るといふ。
籠もした時の流れの傍りに立つて
久しく外に出る事を忘れた淚に
耐えられなくなつて
おいらは部屋を出て行つてしまふ
道子様に
一九五二年七月二日
井奥行彦

写真②

教員時代

中学生の下校に出合うことがある。すれ違いに「帰りました」とか「今日は」と声を掛けてくる。考え事をしたり、人にものを言いたくないときにも、明るく「お帰り」と応えることにしている。学校の指導がいいのだろうし、地域の人情というものがあるのだ。日本国中このようであれば、いじめも殺しもないはずだ。

（「火片」一五五号）（抜粋）

各赴任先の文集や詩集は、井奥氏により編集されていた。

「児童詩集」
総社市立久代小学校

「戸隠紀行修学旅行感想文集」
岡山高等学校

私は高校の教師をしているが、西陽が強くなる此の時期に毎年感傷を覚える。やがて進級したり卒業していったりする生徒、毎年遠ざかって行く彼らとの距離は私の青春とのそれでもある。また私にとっての最後の教室の事も考える。今春は定年だから感傷も少し深い。

（「火片」一一六号）（抜粋）

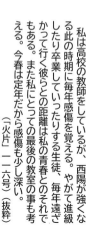

作品

下書き原稿、メモ、日記など多くの記述が残されている。パソコンは使用せず、すべて手書きで執筆されている。

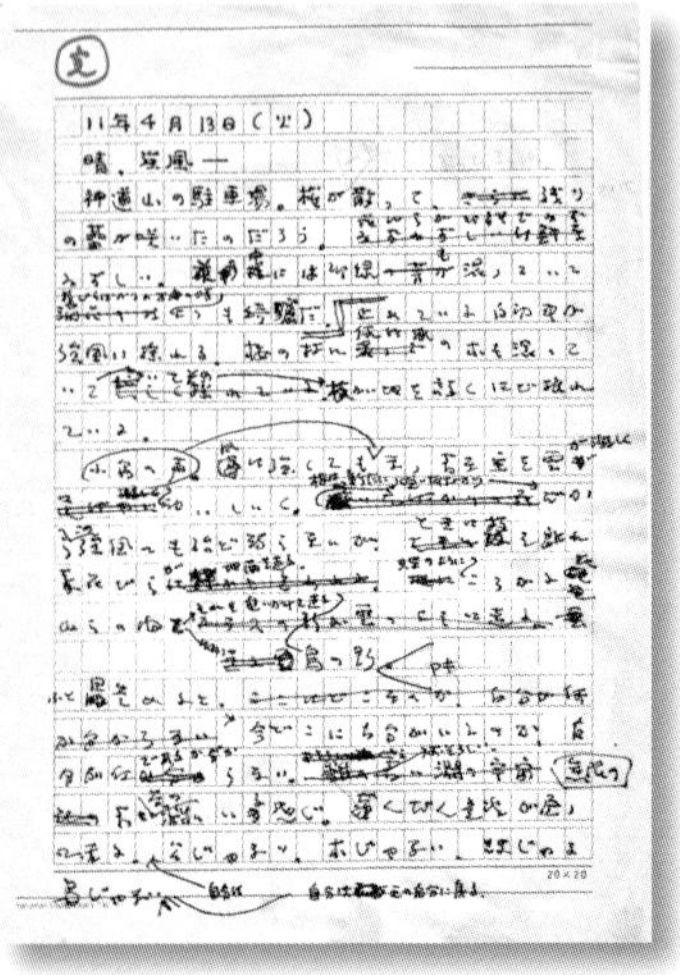

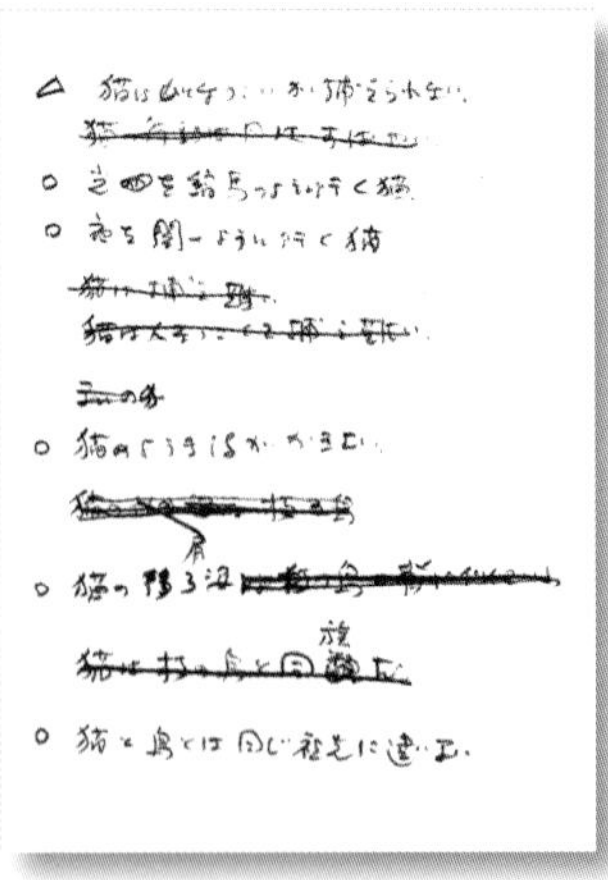

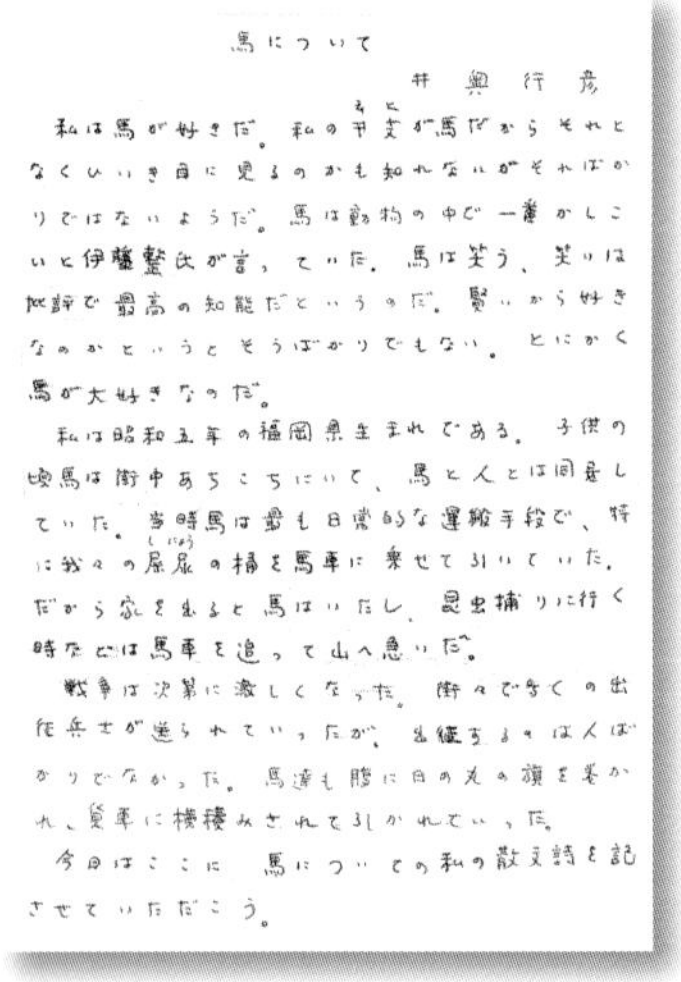

馬について

井　奥　行　彦

私は馬が好きだ。私の干支《えと》が馬だからそれとなくひいき目に見るのかも知れないがそればかりではないようだ。馬は動物の中で一番かしこいと伊藤整氏が言っていた。馬は笑う、笑いは批評で最高の知能だというのだ。賢いから好きなのかというとそうばかりでもない。とにかく馬が大好きなのだ。

私は昭和五年の福岡県生まれである。子供の頃馬は街中あちこちにいて、馬と人とは同居していた。当時馬は最も日常的な運搬手段で、特に我々の屎尿《しにょう》の桶を馬車に乗せてひいていた。だから家を出ると馬はいたし、昆虫捕りに行く時などは馬車を追って山へ急いだ。

戦争は次第に激しくなった。街々で多くの出征兵士が送られていったが、出征するものは人ばかりでなかった。馬達も腰に日の丸の旗を巻かれ、貨車に積込みされてひかれていった。

今日はここに　馬についての私の散文詩を記させていただこう。

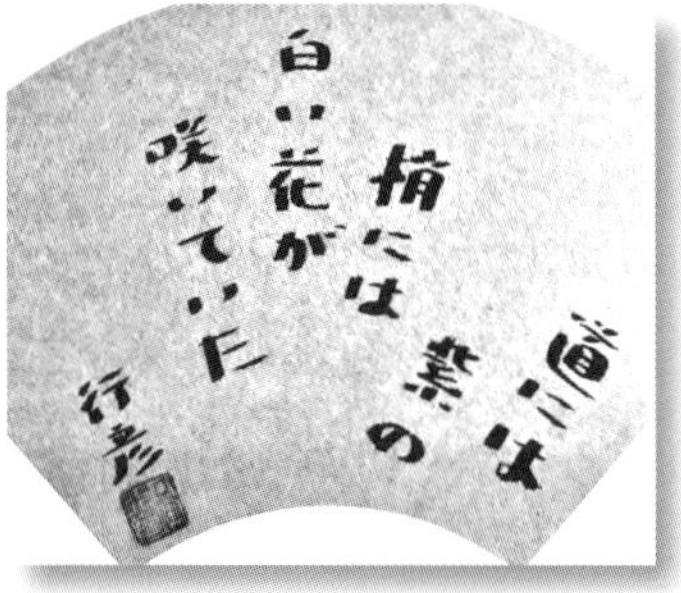
道には
蕪の
梢には
白い花が
咲いていた
行彦

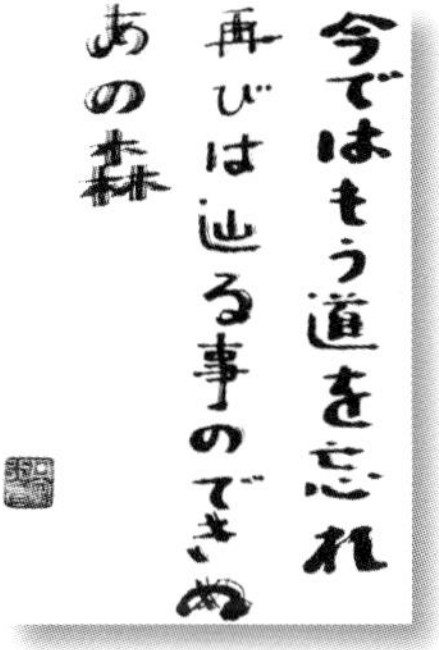
今ではもう道を忘れ
再びは辿る事のできぬ
あの森

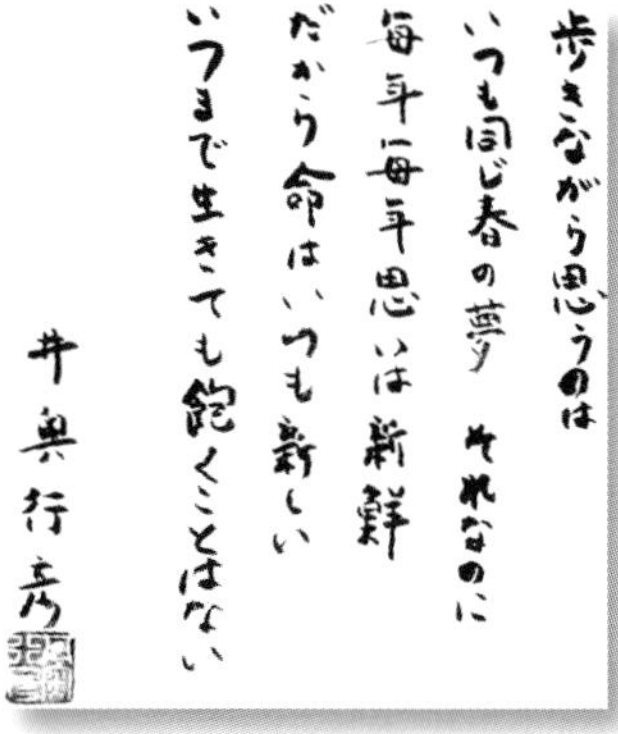
歩きながら思うのは
いつも同じ春の夢　それなのに
毎年毎年思いは新鮮
だから命はいつも新しい
いつまで生きても飽くことはない
井奥行彦

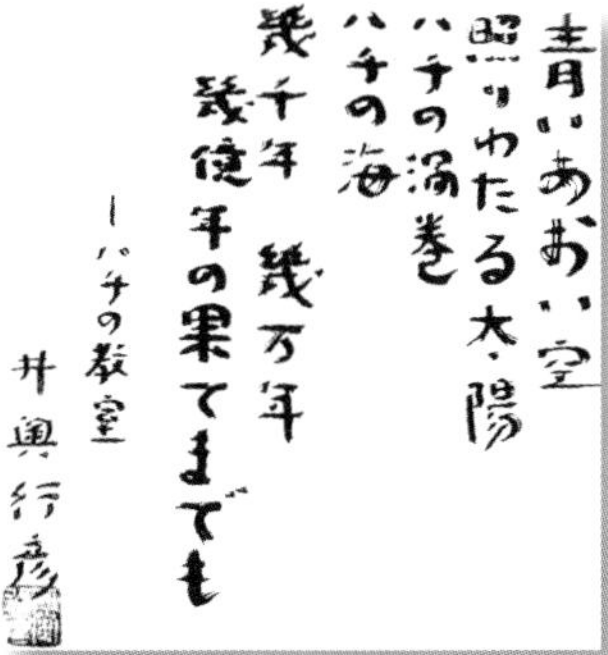
青いあおい空
照りわたる太陽
ハチの渦巻
ハチの海
幾千年　幾万年
幾億年の果てまでも
―ハチの教室
井奥行彦

井奥日記

【井奥日記】は、井奥氏逝去前、約五カ月間にしたためられた日記。家族や日常のできごとを書きとめている。（抜粋）

【井奥日記】
二〇一八年十一月二十八日（水）くもり晴
今日は直子の用事で市役所、銀行へ行った。
少々寒かったが陽ざしはあった。
蝶が二十六日からいない。
直子はよく面倒をみてくれるので楽だった。

【井奥日記】
二〇一八年十二月二十日（木）くもり
今日治彦が朝ちょっと来た。
直子大かぜ。

【井奥日記】
二〇一九年一月三日（木）晴
理かちゃんとはるかが来た。
へやを暖かくしてスシを食べた。
はるかにおとし玉をやった。
コタツを新しく買っておきたい。
コタツをも一つ買っておきたい。

【井奥日記】
二〇一九年一月十三日（日）晴
直子が蔵王温泉に行っている。
今日も寒い。
安彦のことが思われてならない。

【井奥日記】
二〇一九年一月三十日（水）晴
きのう治彦からでんわ。
外へ出て日に当たれと言っていた。
今日は一日出かけなかった。庭に出て枝をつんだ。
あすは雨で寒いらしい。

◇永瀬清子と二人の運命的な縁

永瀬清子　明治39年（1906）～平成7年（1995）岡山県赤磐郡豊田村大字松木（現・赤磐市）出身。戸籍名は清。昭和2年（1927）結婚。昭和5年（1930）、第一詩集『グレンデルの母親』を出版。昭和15年（1940）『諸国の天女』で女性詩人としての名声を得る。戦後は農業に従事しながら詩活動を行った。昭和21年（1946）、同人誌「文学祭」を藤原審爾や山本遺太郎等と発刊。翌年「詩作」創刊に参加。「日本未来派」同人となる。昭和27年（1952）「黄薔薇」創刊。昭和23年度第一回岡山県文化賞受賞。昭和62年度『あけがたにくる人よ』で地球賞、現代詩女流賞を受賞。

永瀬清子と二人

井奥氏17歳、なんば氏13歳のとき、まだ二人が出会う以前に、別々の場所で詩人を志すも、各々が永瀬清子と出会うきっかけを得る。そして結婚後も共に仕事のつながりだけでなく、私生活でも絶えず交流があった。師と仰ぐ永瀬清子との出会いははからずも運命的な縁であったといっても過言ではない。

詩集出版祝賀会（1992）
（左から）永瀬清子 井奥行彦
一人おいて なんば・みちこ

永瀬清子と井奥行彦

・昭和24年朝日高校文芸部時代、永瀬清子を招聘。
・永瀬清子に弔辞を捧げる。
・「永瀬清子の里づくり」プロジェクト推進委員
・「永瀬清子生家保存会」初代会長

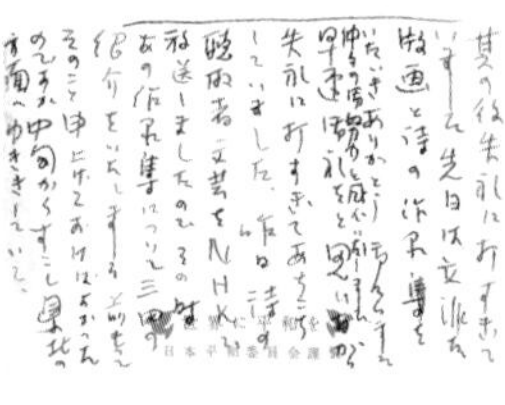

永瀬清子筆　井奥行彦宛
1968年1月25日付

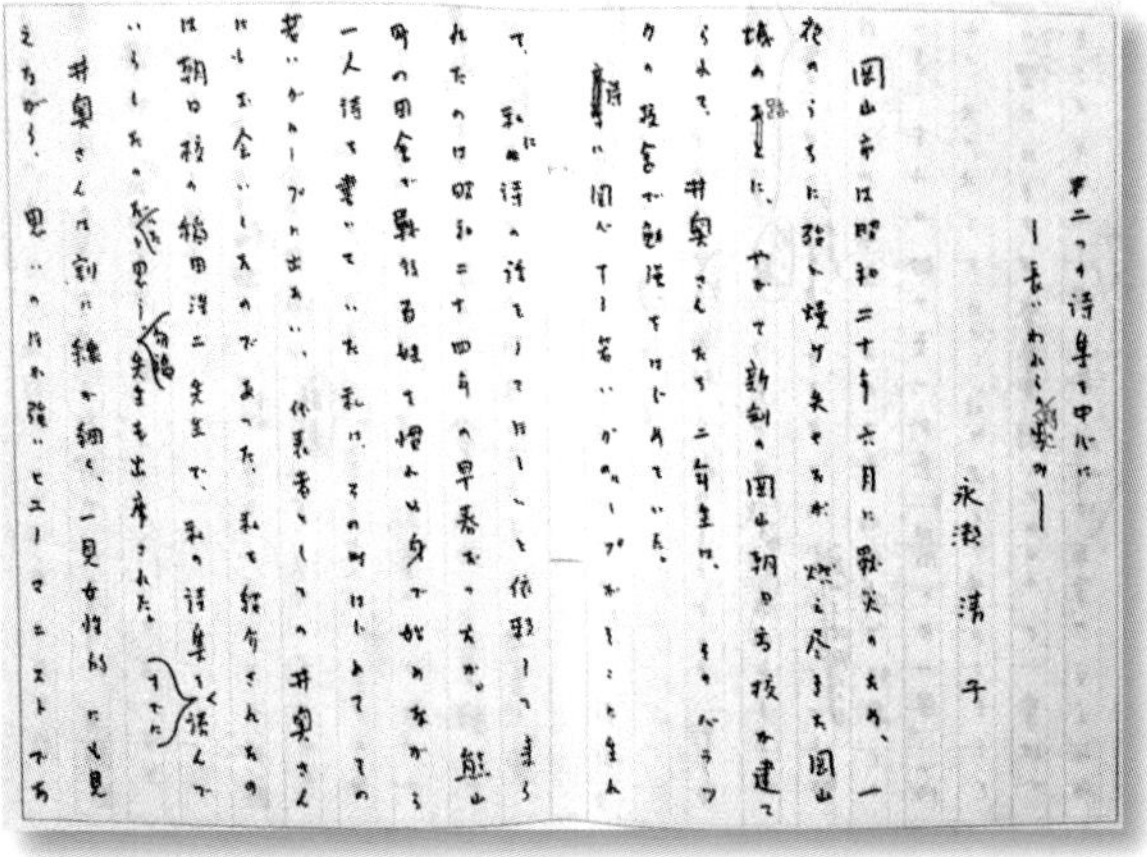
第二つの詩集を中心に
ー長いわれらの詩の歩みー
永瀬清子

永瀬清子による解説
「井奥さんの二つの詩集を中心に　―長いわれらの詩の歩み―」
『日本現代史文庫　井奥行彦詩集』〔草稿（上）と抜粋（下）〕

井奥先生は割に線が細く、一見女性的にも見えながら、思いのほか強いヒューマニズムであることがやがて話の間に判った。しかもつわ者も多いグループを実になごやかに、また型にはまらず統べてゆかれて、意外でさえあったことなど、私はあとで書きしるしている。それは彼の第一詩集『時間のない里』が刊行された時、序文をたのまれ、初対面の印象として割にこまかく書いたのであり、そしてそれは彼の人物評として今読んでも割りによく当っている。又私に対してはスピーチの題をごく具体的に指定され、話しやすかったことも書いている。（抜粋）

井奥行彦　草稿「肯定の詩情　永瀬清子」

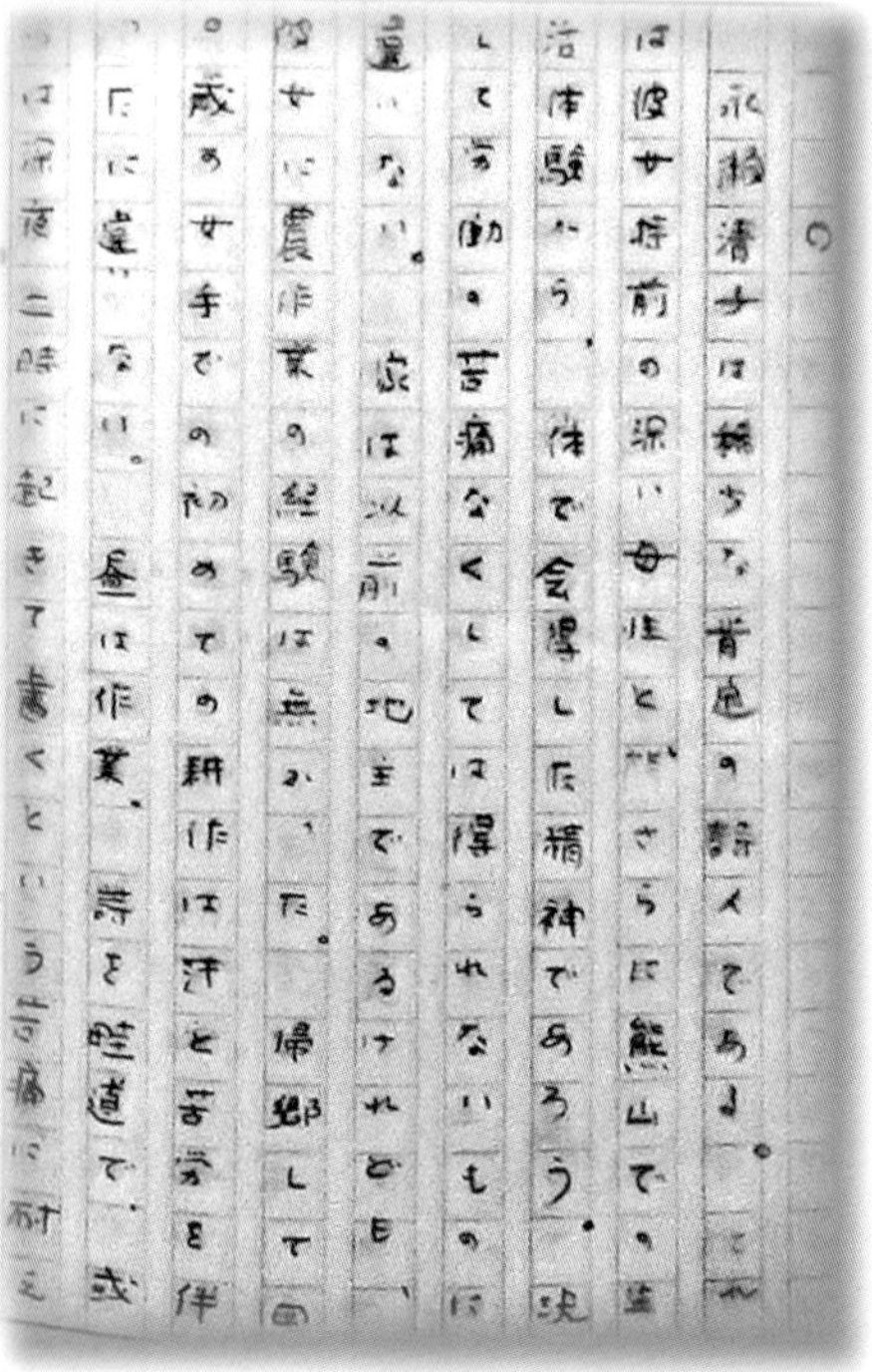

○

永瀬清子は稀少な普通の詩人である。これは彼女持前の深い母性と、さらに熊山での生活体験から、体で会得した精神であろう。決して労働の苦痛なくしては得られないものに違いない。家は以前の地主であるけれども、彼女に農作業の経験は無かった。帰郷して田の或る女手での初めての耕作は汗と苦労を伴ったに違いない。昼は作業、詩を畦道で、或いは深夜二時に起きて書くという苦痛に耐え

夢二詩碑にて（岡山・後楽園）

永瀬清子（右から２人目）と
井奥夫妻（両端）

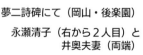

師・永瀬清子を追悼して　――　井奥氏が左記のような弔辞を捧げた。

永瀬さん、永瀬先生、こんな奇妙な申し方をします。でもこれが私に最もふさわしいお呼びのし方なのです。永瀬さんは、りっぱな方でした。岡山にいてこそ身近にお付き合いできたのですが、そうでなければ私達はこんなに心安くしてはいただけなかったでしょう。でも私はそういう先生の偉さよりも、永瀬さんの目の高さ、全く私達を水平、同じ高さで見て下さる、偉ぶらないところが好きだったのです。（中略）

永瀬さん、永瀬先生、そしてお母さん、永瀬さんは私達のお母さんでもありました。男女の関係は一対一が美しいけれど、母と子は多数であるほど美しいのです。永瀬さんはまたおしゃれでした。さりげなく振舞ってはいられても、帽子の色や服装にそれはよく表れており、詩の中でも自分をナーシサスと言っておられましたが、今度の詩画展に出された「藤の花」の詩、あれは永瀬さん自身のことではなかったかと思うのです。「すれちがったよ藤の花と。／新幹線は通りすぎて／山上から垂れかかるその紫は／遠く遠く去っていった。／あんなにも美しく咲いているのを／よろこびほめる声きくひまさえ待たずに――。」

「もしもし、井奥さん?今日の詩の会は何時からだったかねえ。わたし行きはあるんだけど帰りの車がないのよ。」今もしきりに電話が鳴るのです。（一九九五年二月）

『静かな日々　詩とともにありて　詩人　井奥行彦追悼』（抜粋）

永瀬清子となんば・みちこ

・中学生で詩人・永瀬清子を知り感銘を受け、書きためた大学ノート4冊を永瀬清子に送る。
・「詩作」8集に掲載される。
・永瀬清子本人から声がかかり、「黄薔薇」の同人になる。

永瀬清子生家保存会

平成17年（2005）、「現代詩の母」と表される詩人の生家を朽ち果てさせてはいけないと詩人を中心とした有志が参集。

永瀬氏没後も生家保存に力を注ぎ、「永瀬清子生家保存会」の初代会長を務めていた井奥氏。

生家は改修後、2021年5月お披露目され、初代会長であった井奥氏の想いがようやく実を結んだ。

修復された生家の随所に、永瀬清子を敬慕する人々の愛と真心を感じずにはいられない。

（原稿右より抜粋）
明治から平成に至る89年の生涯に、急速な近代化・戦争・敗戦・混沌・飽食・環境破壊の中で、農婦と4人の子育てを体験しながら、老いて一層深くみずみずしい命の詩を書いた詩人の現場として、彼女の生家は郷土と日本の歴史の文化財である。
平成20年6月
永瀬清子生家保存会会長
井奥行彦

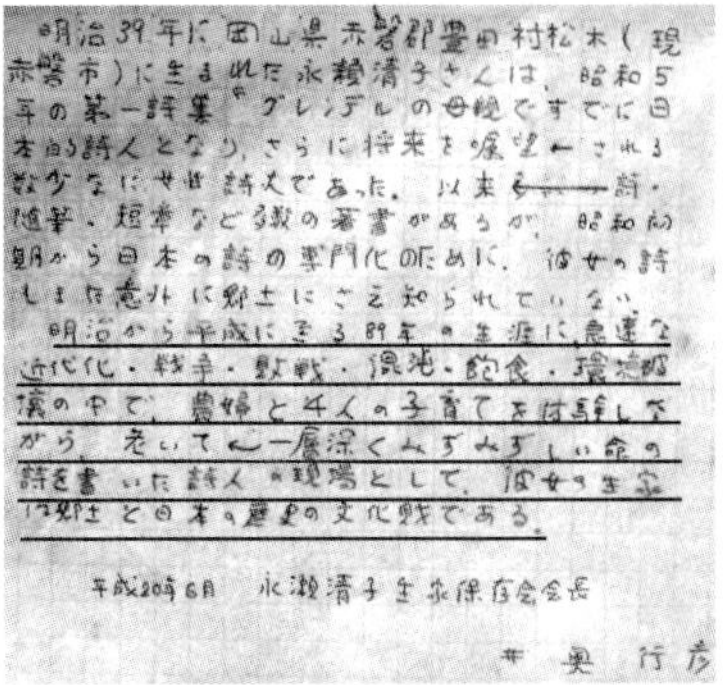
明治39年に岡山県赤磐郡豊田村松木（現赤磐市）に生まれた永瀬清子さんは、昭和5年の第一詩集『グレンデルの母親』ですでに日本的詩人となり、さらに将来を嘱望される数少ない女性詩人であった。以来詩・随筆・短章など多数の著書があるが、昭和初期から日本の詩の専門化のために、彼女の詩は意外に郷土にさえ知られていない。
明治から平成に至る89年の生涯に急速な近代化・戦争・敗戦・混沌・飽食・環境破壊の中で、農婦と4人の子育てを体験しながら、老いて一層深くみずみずしい命の詩を書いた詩人の現場として、彼女の生家は郷土と日本の歴史の文化財である。
平成20年6月　永瀬清子生家保存会会長
井奥行彦

「生家は郷土と日本の歴史の文化財である」と生家保存会会長の井奥（当時）は語る。

多くの人の支援によって改修された、永瀬清子生家

◇二人の恋物語～恋文から～

結婚前に二人の間で交わされた往復書簡が大切に保存されている。

行彦筆、みちこ宛

美しく優しい道ちゃん！　今日夕方は雨が降って私の思出に雨が降り
注ぎ胸が切なくなってしまいました。胸に傷でもあるようにいたむので
す。幼い日々の思出は一月に一度位私の胸をしめつけましたが道
ちゃんとお逢いした日々の思出は私を離さなくなりました。
どの様な幸福の時にも胸が痛んで、心は想いを持たない。然も
想うべき故里に向って旅しているということを私達は互に知りました
ね。だから悲しみも歓びも語り合いましょう。そうしてどの様に
生きるかということを探り合いましょう。私達の想いは、やって来た道が
よいかげんに撰んだものではないという信念を持ちうることだけにある
と思います。私は貴女が選ばれたら貴女の力になります。きっと貴女もな
って下さるでしょうね。いつまでも、いつまでも。
道ちゃんを知ってから経験した様々のものが私を他のものではかえ
がたい人間にして下さることと思います。私の詩の生長も。そうして
道ちゃんの美も、詩の表現も私を支えがたい経験として
あって欲しいと思います。

九月七日夜

今朝は早く手紙がつきました。今日いただいた御手紙ほどかなしくうれ
しかったものはありませんでした。ひどくあれから悲しまれただろうと思っ
たり、お怒りではないかと思ったり、愛して下さってはいても、先の事が不安で
困っていらっしゃるだろうかと思ったりしていました。でも最近お便り下さ
ってほんとに胸のたかなりを感じてひらきました。美しい花のしおり
ほんとにうれしくいただきました。お別れしてから、自分も道ちゃんを
忘れたことって御在ません。私美しい追憶に痛みつづけています。
道ちゃんを悲しませないように（私も悲しいのですよ）致します。
私達たすけあって行きましょうね。いつまでも。

九月八日夜

おやすみになれるでしょうか。お祈りしています。

私の道子様に

貴女の行彦より

行彦筆、みちこ宛（1952年9月）

この写真裏面に
「道子様 行彦」と
記されている
(1953年4月)

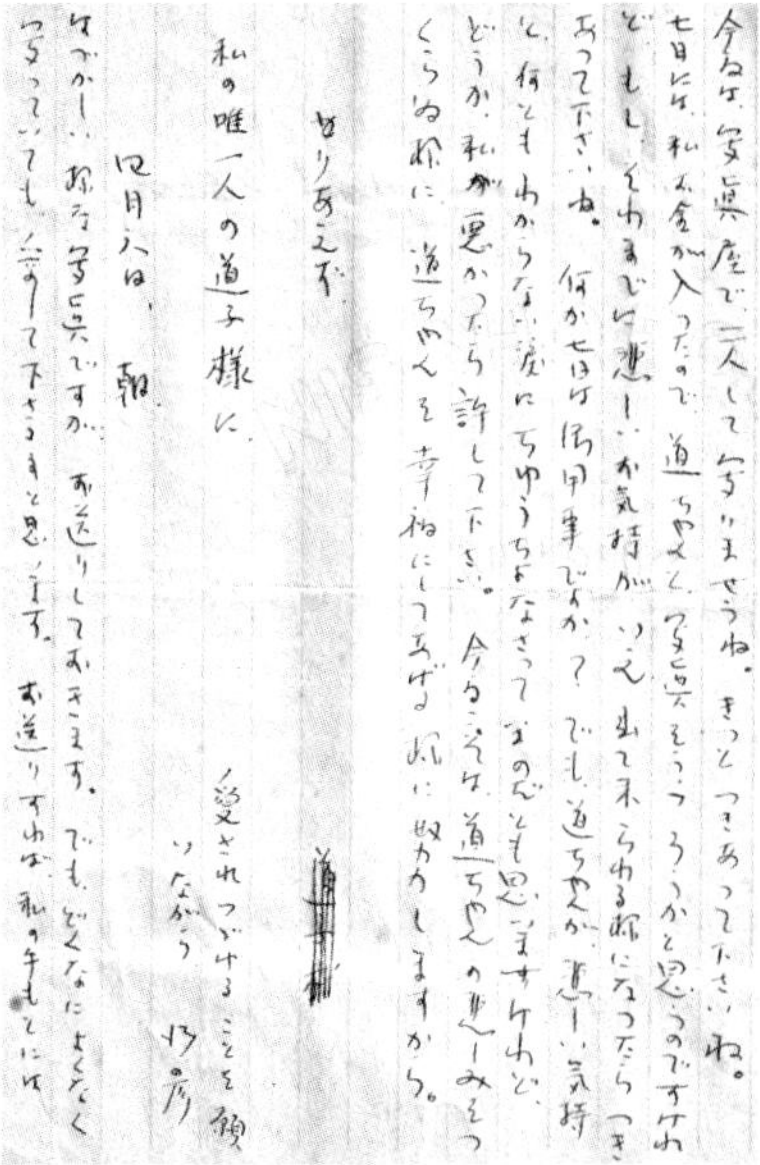

今度は写真屋で二人して写りませうね。きっとつきあって下さいね。
七日には私お金が入ったので道ちゃんと写真をうつろうかと思ったのですけれ
どももしそれまでに悲しいお気持がいえ出てこられる様になったらつき
あって下さいね。何か七日は御用事ですか？でも道ちゃんが悲しい気持
と何ともわからない度にちゅうちょなさってゐるのだとも思いますけれど、
どうか私が悪かったら許して下さい。今度こそは道ちゃんの悲しみをつ
くらぬ様に道ちゃんを幸福にしてあげる様に努力しますから。

とりあえず

私の唯一人の道子様に

四月六日　朝

愛されつづけることを願いながら
行彦

はづかしい位な写真ですが、お送りしておきます。でもどんなによくなく
写っていても大切にして下さると思います。お送りすれば私の手もとには

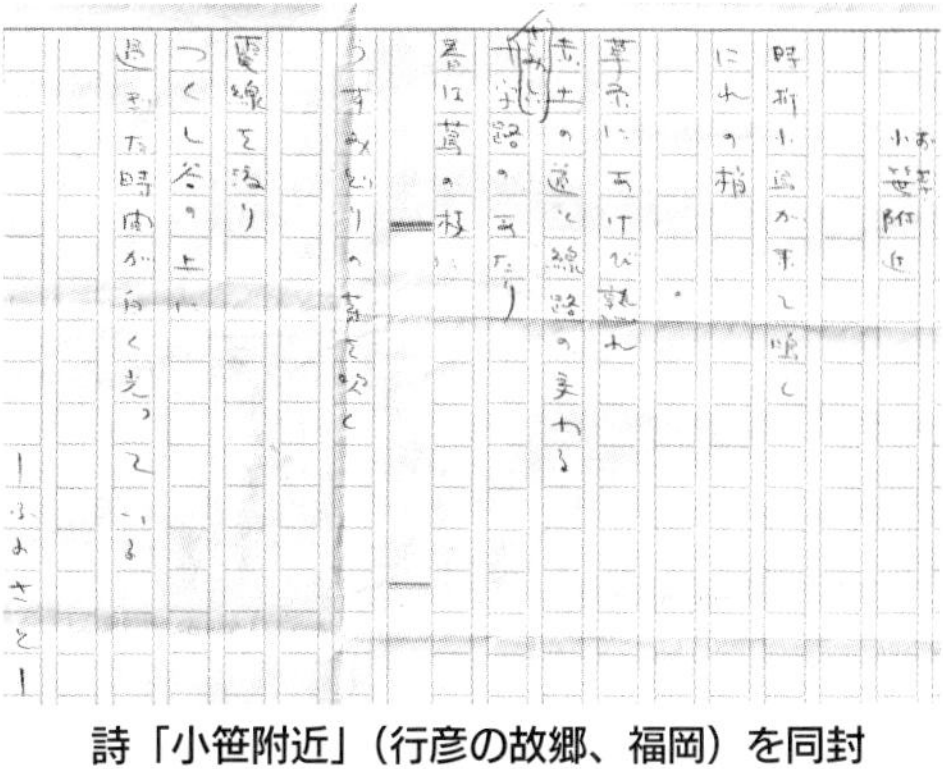

小笹《おざさ》附近

時折小鳥が来て鳴く
にれの梢。
草木にあけび熟れ
赤土の道と線路の交わる
十字路のあたり
昼は葛の花
うすむらさきの花を咲くと
電線を渡り
つくし谷の上に
過ぎた時間が白く光っている

―ふるさと―

詩「小笹附近」(行彦の故郷、福岡)を同封

みちこ筆、行彦宛

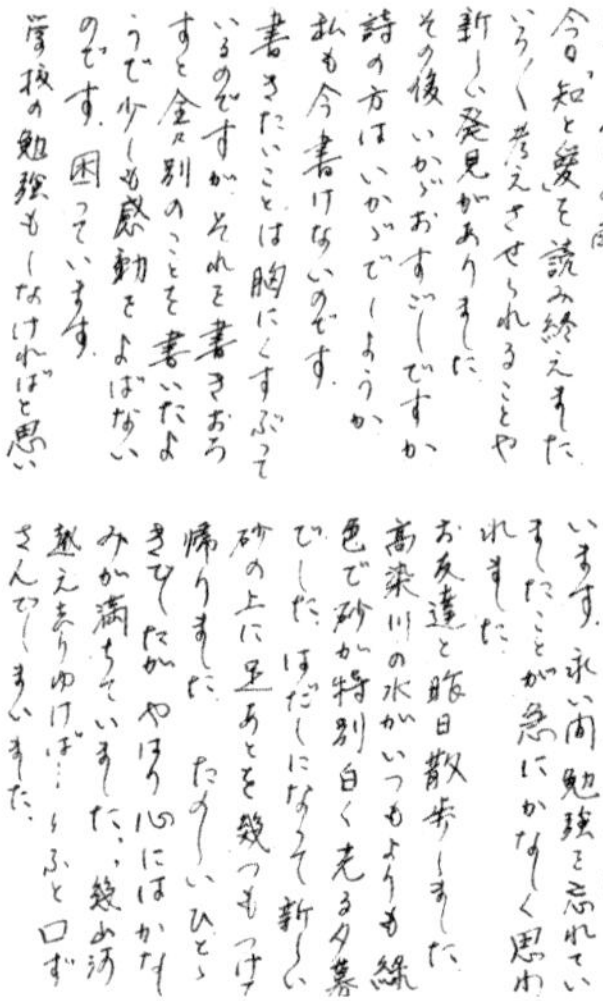

ひさしぶりの雨……
今日「知と愛」を読み終えました
いろいろ考えさせられることや
新しい発見がありました
その後いかがおすごしですか
詩の方はいかがでしょうか
私も今書けないのです。
書きたいことは胸にくすぶって
いるのですが、それを書きおろ
すと全々別のことを書いたよ
うで少しも感動をよばない
のです。困っています。
学校の勉強もしなければと思い
昨日から少しづつ英語をして
います。永い間勉強を忘れてい
ましたことが急にかなしく思わ
れました。
お友達と昨日散歩しました
高梁川の水がいつもよりも緑
色で砂が特別白く光る夕暮
でした。はだしになって新しい
砂の上に足あとを幾つもつけ
帰りました。たのしいひとと
きでしたがやはり心にはかなし
みが満ちていました。"幾山河
越えさりゆかば……"ふと口ず
さんでしまいました。

1952年7月

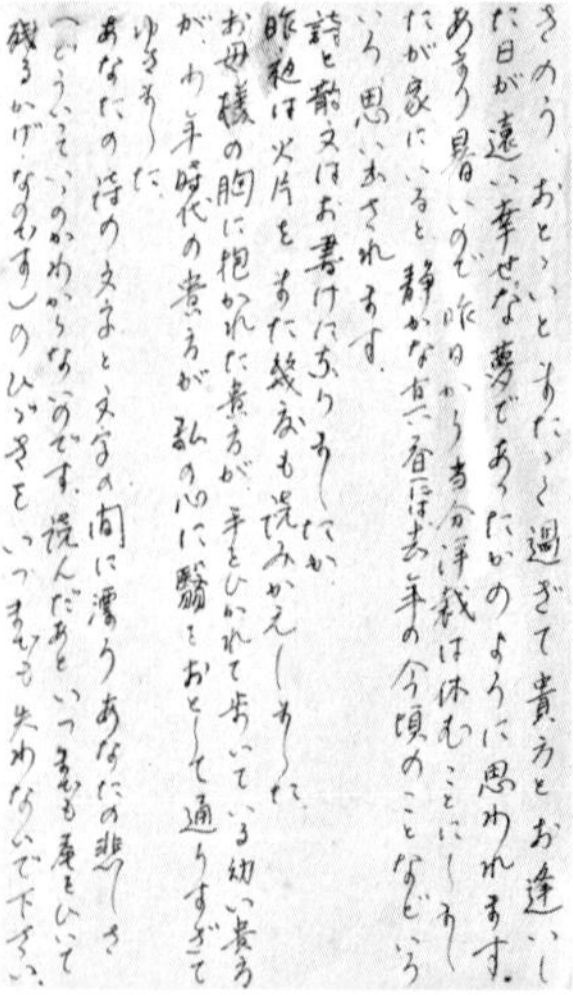

きのう、おとといとまたたく過ぎて貴方とお逢いし
た日が遠い幸せな夢であったかのように思われます。
あまり暑いので昨日から吉備洋裁は休むことにしまし
たが家にいると静かな古い昔には去年の今頃のことなどいろ
いろ思い出されます。
詩と散文はお書けになりましてか
昨晩は火片をまた幾度も読みかえしました
お母様の胸に抱かれた貴方が、手をひかれて歩いている幼い貴方
が、少年時代の貴方が、私の心に翳をおとして通りすぎて
ゆきました。
あなたの詩の文字と文字の間に漂うあなたの悲しさ
(どういうのかわからないのです。読んだあといつまでも尾をひいて
残るかげ・なのです)のひだをいつまでも失わないで下さい。

1953年7月

青いみどりの水、
底しれぬ海底を
みつめていますと
感傷的になって
しまいます
海水の味は
涙の味だと
ふと思いました
遠い思い出
よみがえります
私のまぶたの裏を
赤い水着の私が
父に手をひかれて

雨が降りましたがまた雨の海もすばらしいものです。
詩を一つ書きました。
今日もこれから泳ぎに行きます。

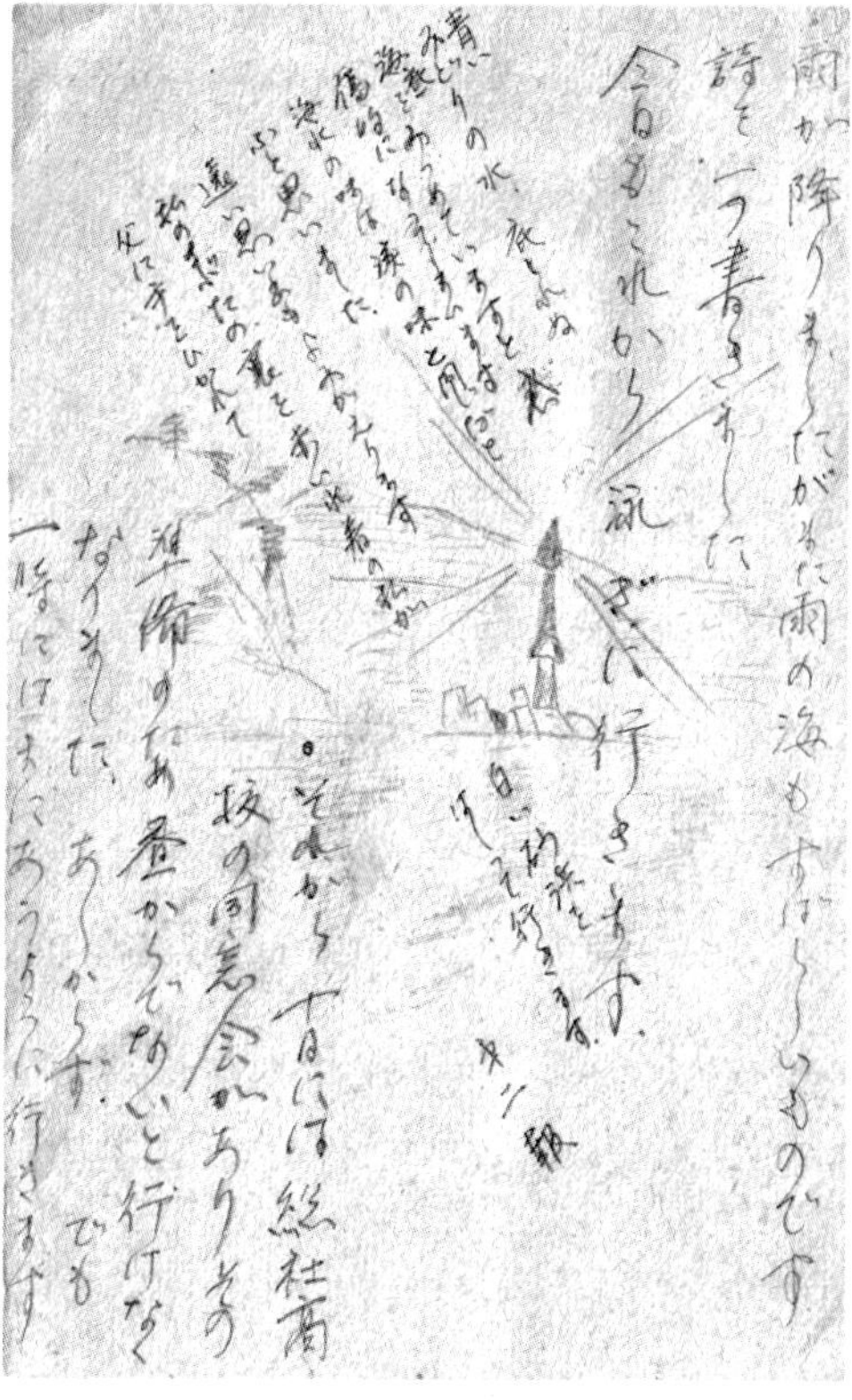

1952年8月

「恋文」と「ラブレター」

一人っ子には跡取りが必要だと思い、誰とでも恋仲にはなれないと考えた、みちこ。「恋文」と「ラブレター」の微妙なニュアンスの違いにもみちこ流こだわりがあった。

井奥と二人で学内を歩いていた時、突然井奥が言った。
「今までにラブレター貰ったことがある?」と。「ラブレター」という軽い言葉。私はこの言葉が嫌いだった。
軽い感じの「ラブレター」ではなく、「恋文」でなければ私には通用しない。「貰ったことない」と即座に答えた。私はちょっと怒っていた。ラブレターなら付け文の感覚で他校の男子高校生や大学生から渡されたことがあった。

（「火片」一九九号）（抜粋）

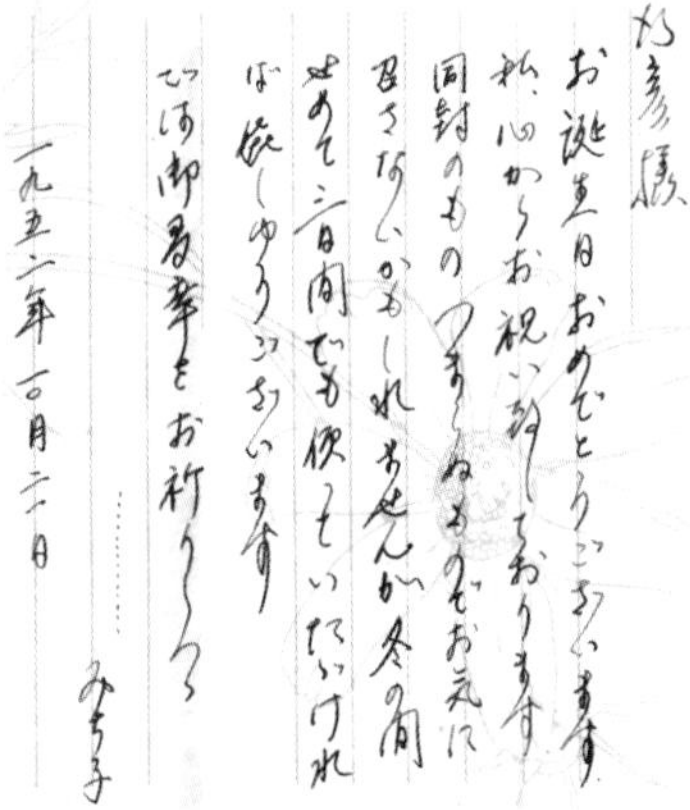
行彦様
お誕生日おめでとうございます
私、心からお祝い申しております
同封のもの つまらないものですがお気に
召さないかもしれませんが冬の間
せめて三日間でも使っていただけれ
ば嬉しゅうございます
では御多幸をお祈りして……
一九五二年十月二一日
みち子

みちこ筆、行彦宛／誕生日カード
1952年10月21日付

私の周りは書く人ばかりだから、私は詩の世界にいっそう魅せられていった。こうした中で私は井奥との結婚をぼんやりと考えて始めていた。そして、もしプロポーズされたら、受けてもいいと思うようになっていった。

（「火片」一九九号）（抜粋）

“行彦”から“みちこ”へ ～行彦流 アイノカタチ～

誕生日プレゼント。手紙に押し花を添えて。

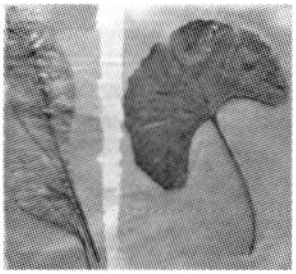

1953. 2. 24
for Michiko
－1952年の秋－
Yukihiko

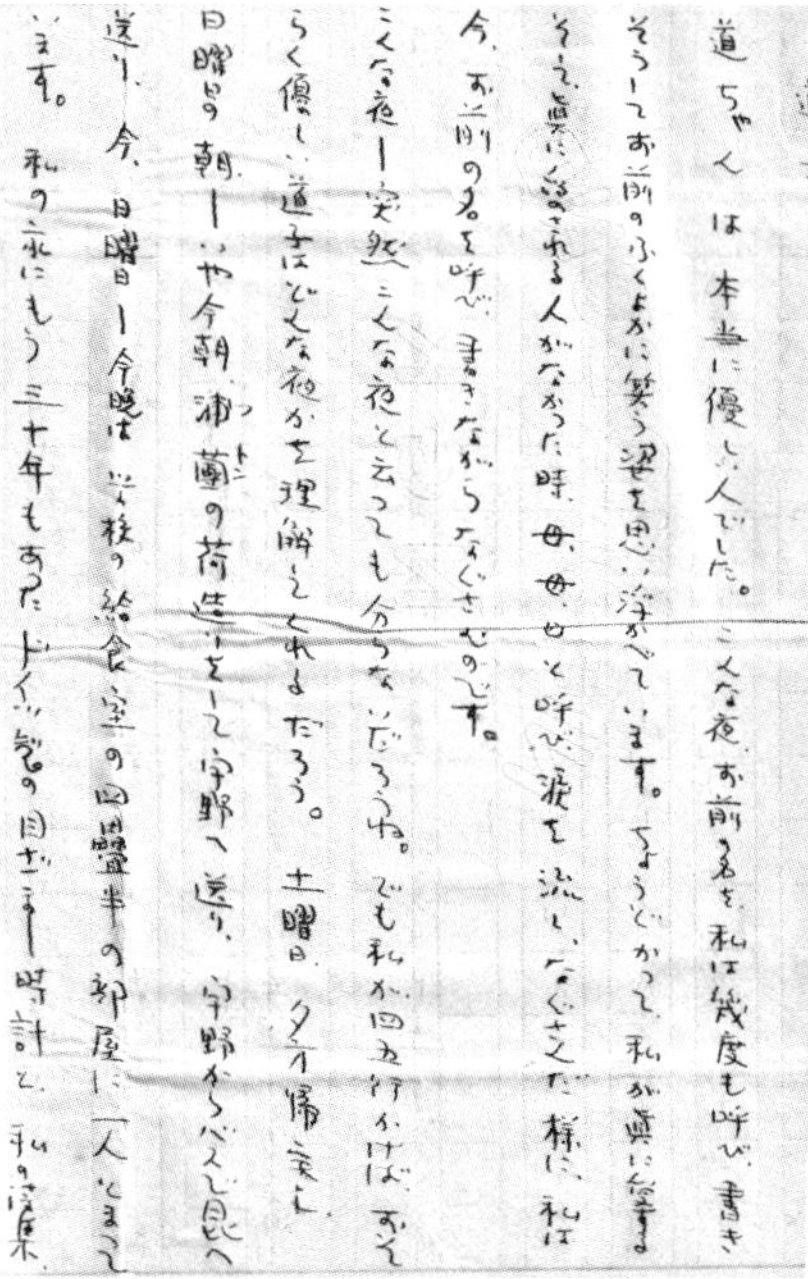

道子、
道子。
道子。
道ちゃんは本当に優しい人でした。こんな夜 お前の名を 私は幾度も呼び、書き
そうしてお前のふくよかに笑う姿を思い浮かべています。ちょうどかつて私が真に愛する
そして真に愛される人がなかった時、母、母、母と呼び、涙を流し、なぐさめた様に、私は
今、お前の名を呼び、書きながらなぐさむのです。
こんな夜 ― 突然こんな夜と云っても分らないだろうね。でも私が四五行かけば、おそ
らく優しい道子はどんな夜かを理解してくれるだろう。土曜日、夕方帰宅し
日曜日の朝 ― いや今朝、浦蘭の荷造りをして宇野へ送り、宇野からバスで里へ
送り、今、日曜 ― 今晩は 学校の給食室の四畳半の部屋に一人でまって
います。私の家にもう三十年もあったドイツ製の目ざまし時計と、私の将来

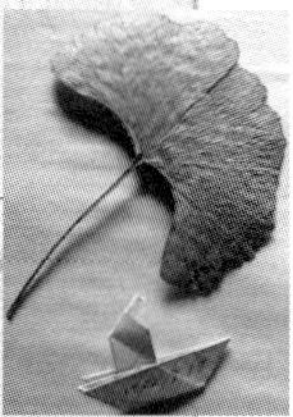

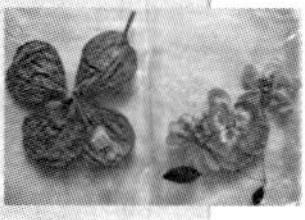

行彦筆、みちこ宛
1953年2月24日付

～お互いを思いやり、甘くせつない想いを綴る、愛の書簡～

行彦筆、みちこ宛

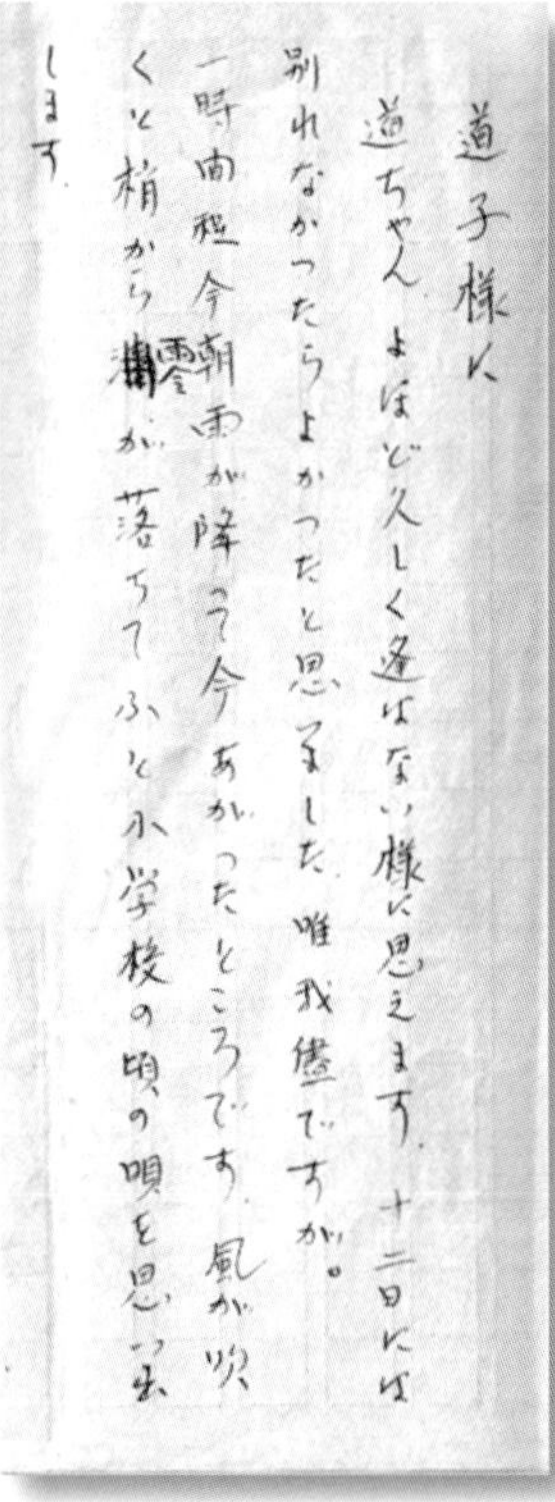

道子様に

道ちゃん よほど久しく逢はない様に思えます 十二日には
別れなかったらよかったと思いました 唯我儘ですが。
一時間程今朝雨が降って今あがったところです 風が吹
くと梢から雫が落ちてふと小学校の頃の唄を思い出
します

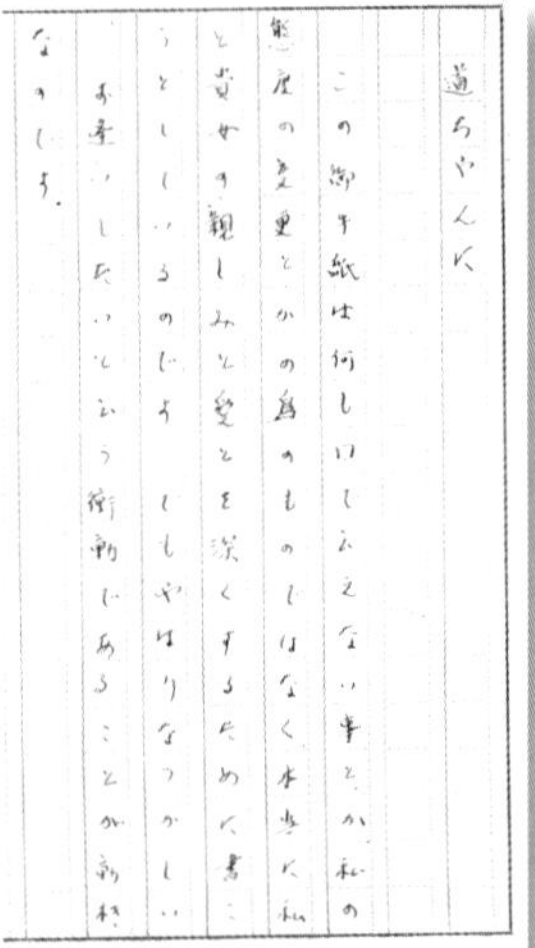

道ちゃんに

この御手紙は何にも云えない事とか私の
態度の変更とかの為のものではなく本当に私
と貴女が親しみと愛とを深くするために書こ
うとしているのです しかもやはりなつかしい
お互いにしたいという衝動であることが新鮮
なのです.

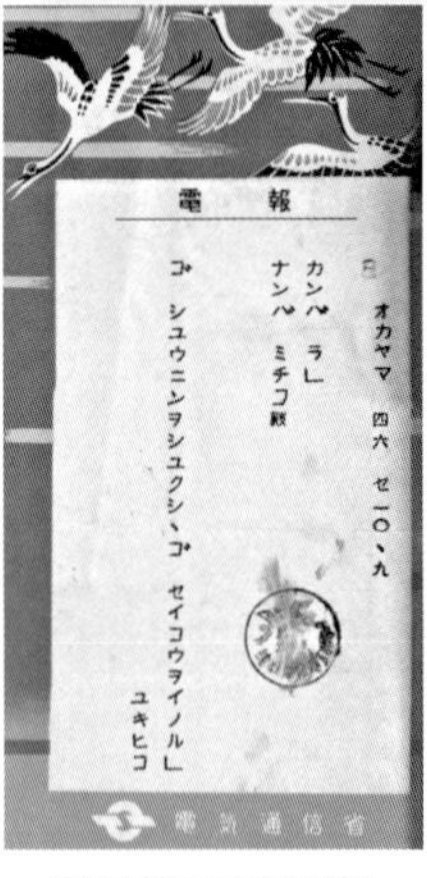

電報

ヨ オカヤマ 四六 セ一〇、九

カンベ ラレ
ナンバ ミチコ殿

ゴシュウニンヲシュクシ、ゴセイコウヲイノル
ユキヒコ

電気通信省

教員就任の祝電報

みちこ筆、行彦宛

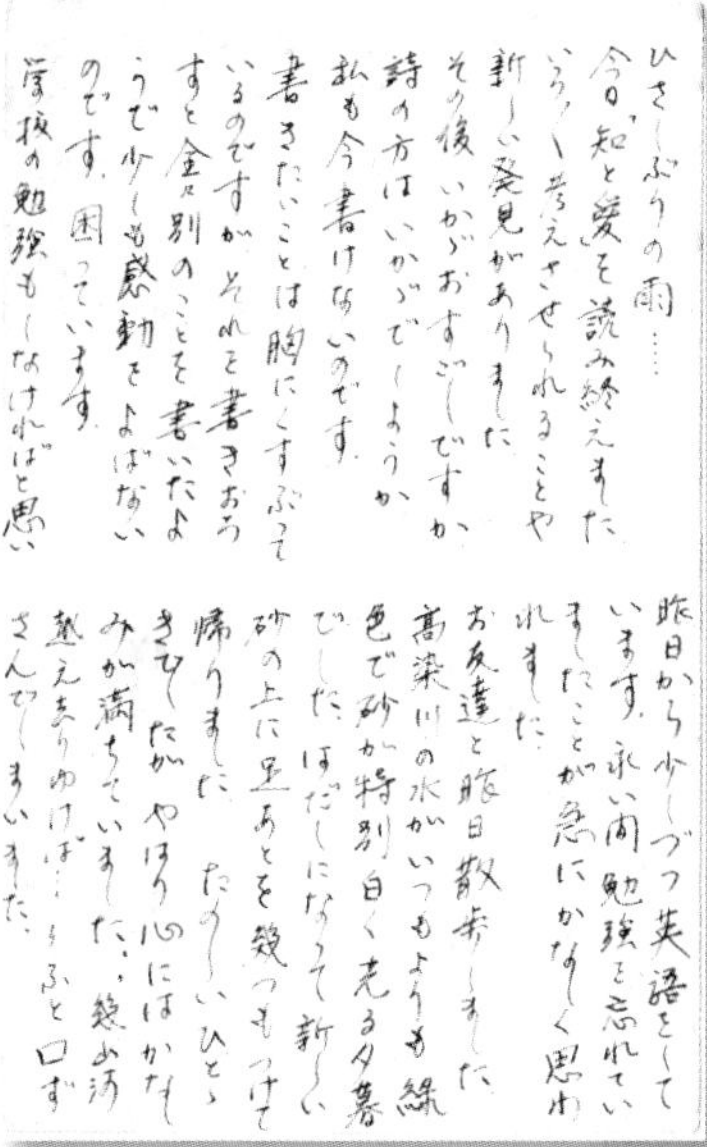

ひさしぶりの雨……
今日「知と愛」を読み終えました
いろいろ考えさせられることや
新しい発見がありました
その後いかがおすごしですか
詩の方はいかがでしょうか
私も今書けないのです
書きたいことは胸にくすぶって
いるのですがそれを書きおろ
すと全々別のことを書いたよ
うで少しも感動をよばない
のです。困っています。
学校の勉強もしなければと思い

昨日から少しづつ英語をして
います。永い間勉強を忘れてい
ましたことが急にかなしく思わ
れました
お友達と昨日散歩しました
高梁川の水がいつもよりも緑
色で砂が特別白く光る夕暮
でした はだしになって新しい
砂の上に足あとを幾つもつけて
帰りました たのしいひとと
きでしたがやはり心にはかなし
みが満ちていました。・・・総社
越えてまありゆけば… ふと口ず
さんでしまいました。

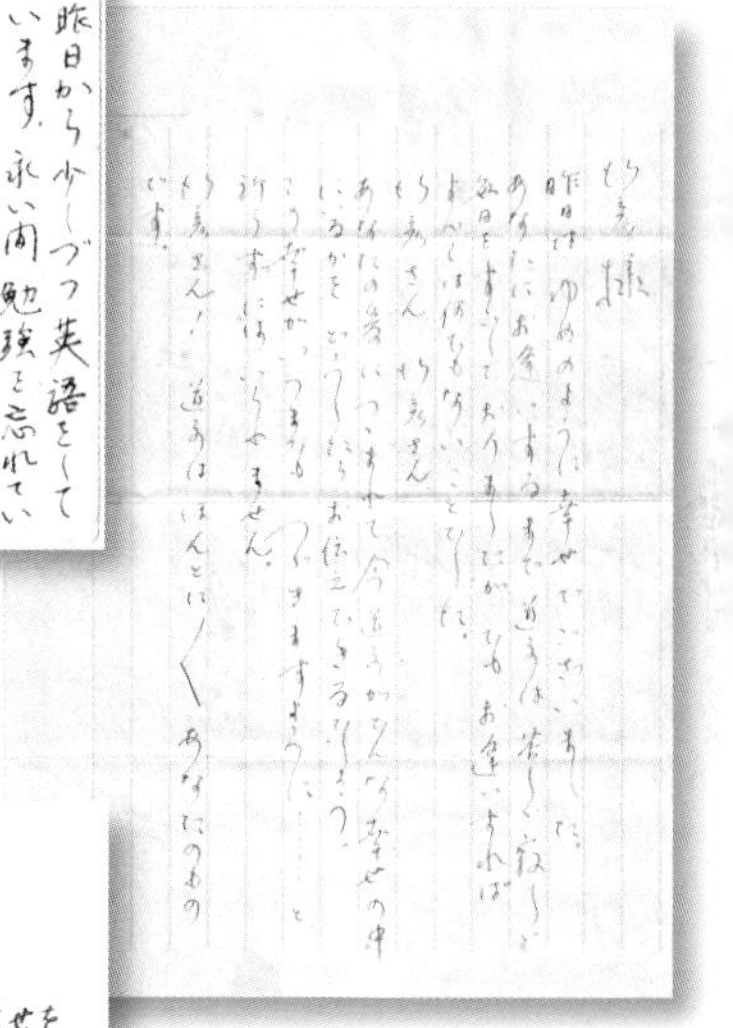

ゆき彦様
昨日は ゆめのように幸せでございました
あなたにお会いするまで道子は淋しく寂しく
毎日をすごしておりましたがでもお会いすれば
おかしい位何もないことでした。
ゆき彦さん ゆき彦さん
あなたの愛につつまれて今道子がどんなに幸せの中
にいるかをどうしたらお伝えできるでしょう
この幸せがいつまでもつづきますように……と
祈らずにはいられません。
ゆき彦さん！ 道子はほんとにほんとにあなたのもの
です。

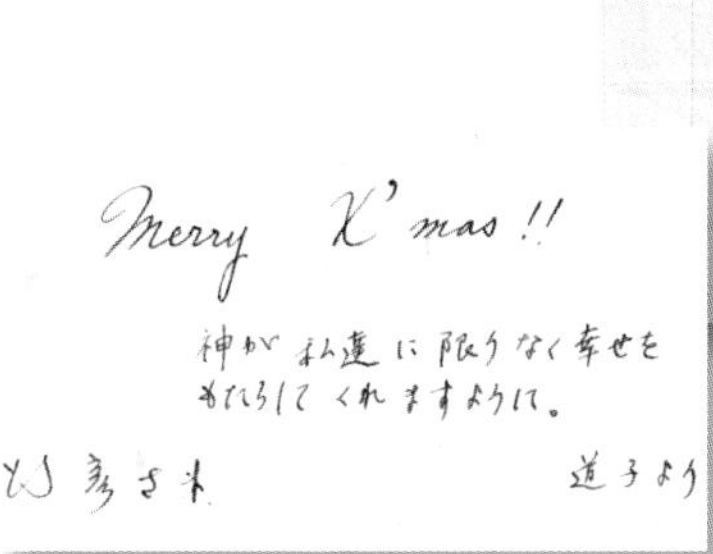

Merry X'mas !!

神が私達に限りなく幸せを
もたらしてくれますように。

行彦さま　　道子より

クリスマスカード

坂本明子と二人

坂本、なんばの連名で、滞在中の玉島・沙美海岸から井奥氏に手紙を何通も送っている。坂本氏が「難波さんの料理は上手で私が保証する」と、二人の仲介役のような記述もある。

坂本明子（1922～2007、岡山市出身／詩人）1946年から本格的な詩作活動に入る。第1回岡山市文化奨励賞受賞（1974）、第19回岡山県文化奨励賞受賞（1977）。

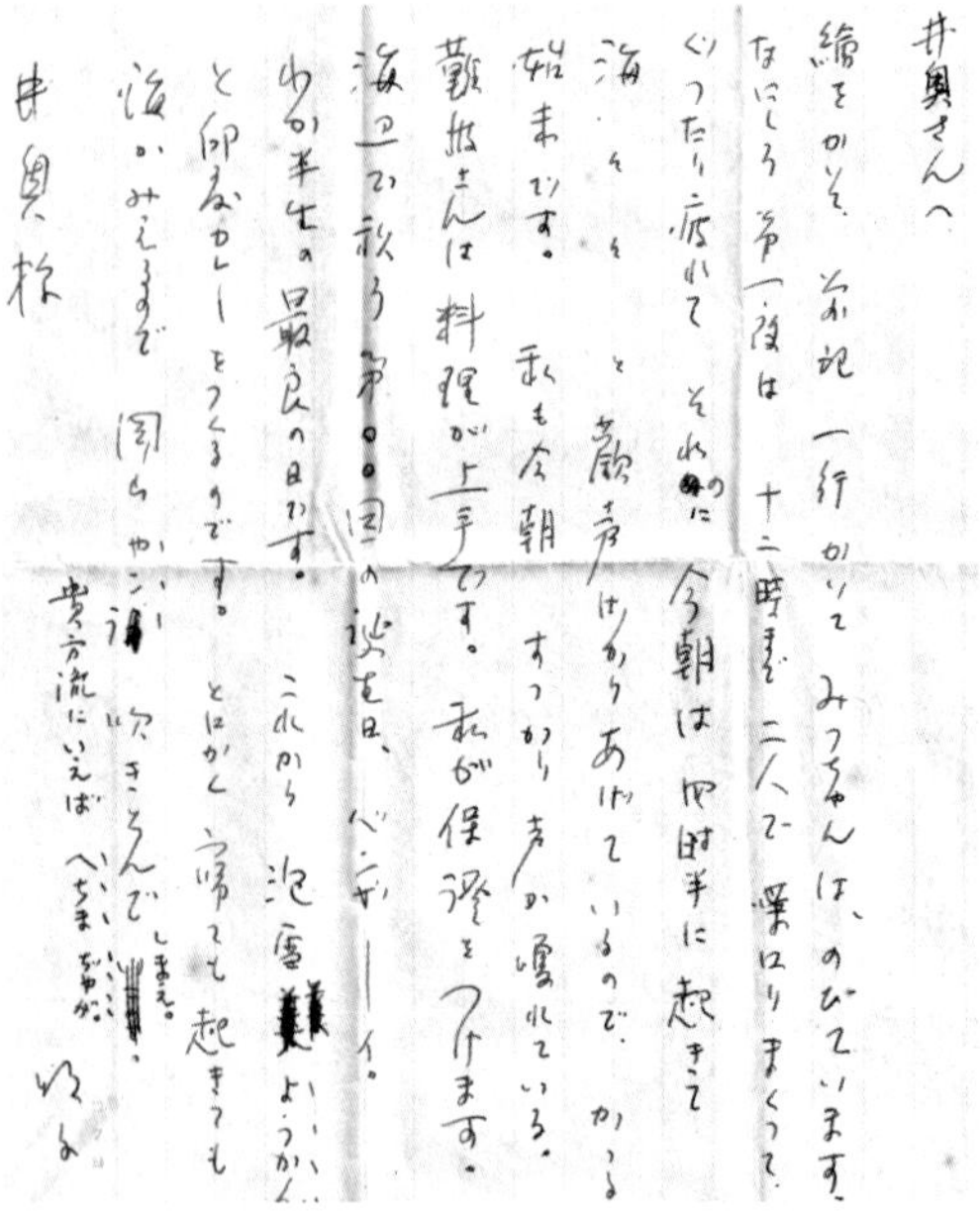
井奥さんへ
絵をかいて　前記一行かいて　みっちゃんは、のびています。
なにしろ第一夜は　十二時まで二人で　喋りまくって
ぐったり疲れて　その為に今朝は四時半に起きて
海、々々と　歓声ばかりあげているので、かゝる
始末です。私も今朝すっかり声が嗄れている。
難波さんは料理が上手です。私が保證をつけます。
海辺で祝う第◯◯回の誕生日、バンザーイ。
わが半生の最良の日かな。　これから泡雪ようかん
と卵なカレーをつくるのです。　とにかく寝ても起きても
海がみえるまで　窓からいい風吹きこんでしまえ。
貴方流にいえば　へちまがい
井奥様

坂本明子筆、行彦宛　1953年7月

みちこ滞在先の玉島・沙美海岸（玉島）から行彦へ

このような海辺にあなたと御一緒に来られたら…とふと思います。　いつ頃帰れるかわかりませんが、二十日までには帰ります。　私共の方はいかがですか。御無理をなさらないでどうぞしっかり頑張って下さい。

この前お別れする時に井上さんのあくびばかりを思い出すかもしれない……〃と　ちょっと意地わるを申しましたが、今宵にあなたのあくびを思い出します。なつかしく、なつかしく……です。

あまりお手紙が書けないかもしれませんが、決して御心配なく。

では今はこれにて。

道子より

行彦様

七月十二日　四時二十四分

1953年7月／みちこ　文・画

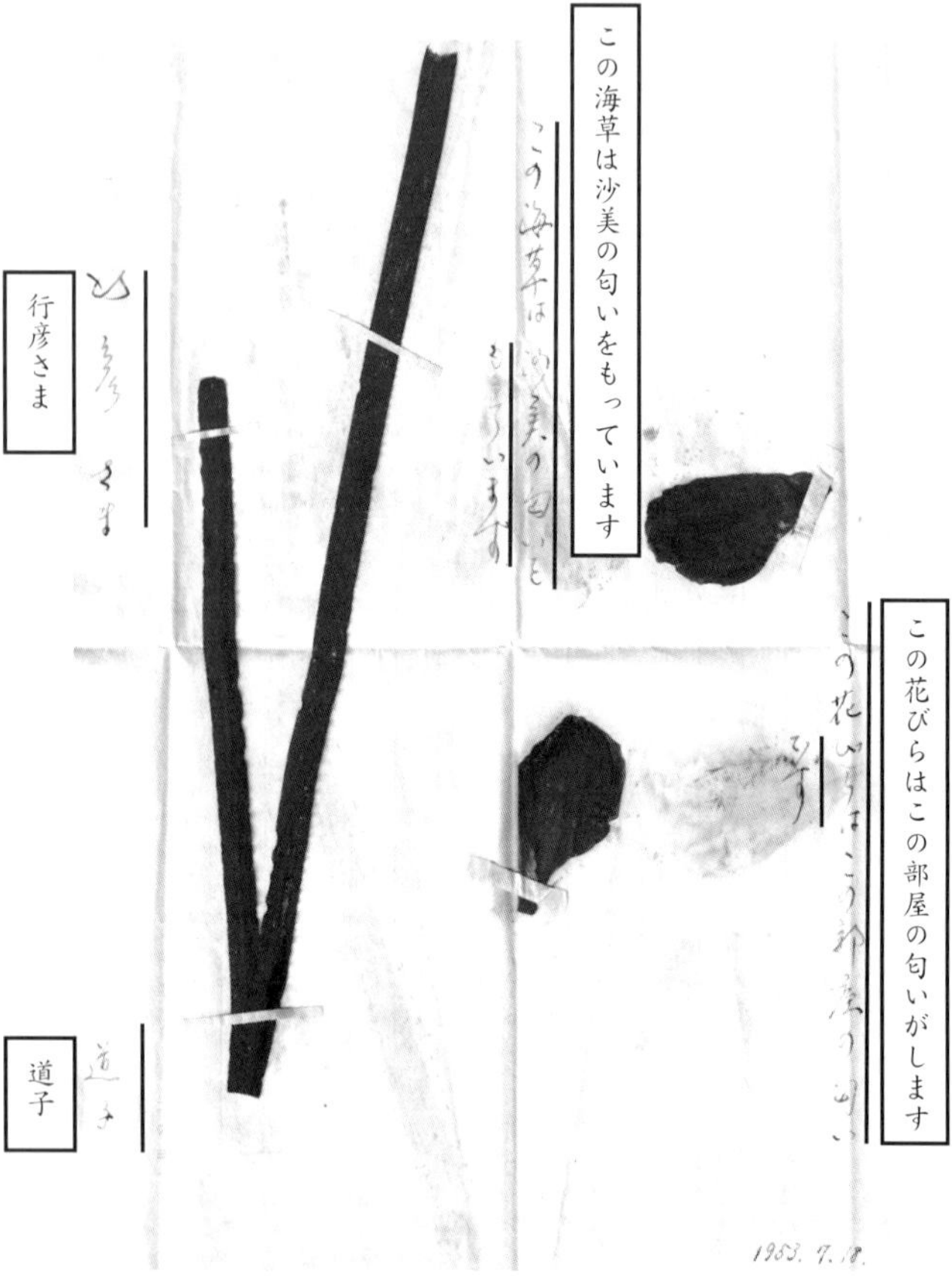
この花びらはこの部屋の匂いがします
この海草は沙美の匂いをもっています
行彦さま
道子
1953. 7. 18.

滞在先の沙美海岸（玉島）から花びらと海草を送る
みちこから行彦への想い
1953年7月

結婚報告

拝啓　春寒料峭の折柄　皆様にはお變りございませんでしょうか　お伺い申上げます

先日　私共の結婚に対しましては　御遠路のところ態々御臨席を賜り　御懇情にあふれる御言葉や御祝をいたゞき　深く感謝致しております

物心両面からの有難い贈物　永く私共の記憶に銘しておきたいと思います

末筆乍ら皆様の御健康をお祈り致します

昭和三十一年三月　　日

難波　行彦

　　　道子

結婚式
1956年1月24日

井奥の実家、安養院へ

◇なんば・みちこヒストリー　年譜

西暦	年号	年齢	事項
1934	昭和9		2月24日、岡山県上房郡高梁町（現・高梁市）で生まれる。父・為雄（裁判所勤務）と母・貞子の長女。
1936	11	2	父の転勤（岡山地方裁判所勤務）により岡山市へ転居。
1937	12	3	日中戦争開始。父の出征により、吉備郡神在村大字上原（現・総社市上原の母の実家）へ転居。
1939	14	5	父、日中戦争より帰還。
1940	15	6	吉備郡神在尋常高等小学校入学。
1941	16	7	太平洋戦争勃発。学校名が「吉備郡神在国民学校」と改称される。
1945	20	11	父、出征。終戦。北朝鮮で捕虜となりソ連に収容される。
1946	21	12	岡山県立総社高等女学校入学。
1947	22	13	父、戦病死。学校名が「岡山県立総社高等学校併設中学校」と改称。詩人を志す。
1949	24	15	岡山県立総社高等学校入学。校内文芸誌「風車」の編集、発行に参画し、詩、短歌を発表。
1950	25	16	永瀬清子にノート4冊を送り、指導を受ける。詩誌「詩作」に「ロダン作　洗礼者ヨハネ」（14歳時の作品）収録。
1952	27	18	岡山大学教育学部入学（2年過程）、文芸部に入部。永瀬清子主宰「黄薔薇」創刊同人に誘われ、参加（本名・難波道子で）。
1954	29	20	吉備郡真備町箭田小学校教諭。
1956	31	22	井奥行彦と結婚。長女・直子誕生。「黄薔薇」を退会。
1957	32	23	「裸足」同人。難波道子、難波希代子の名で作品発表。
1958	33	24	総社市立新本小学校教諭。
1959	34	25	岡山県詩人協会発足、会員になる。『岡山県詩集』創刊号に参加。以後毎号参加。
1960	35	26	「裸足」退会。「火片」36号より参加。
1961	36	27	総社東中学校教諭。詩集『石けりのうた』（火片発行所）刊行。筆名を「なんば・みちこ」と改名。
1965	40	31	長男・治彦誕生。
1967	42	33	総社市立総社小学校教諭。
1969	44	35	総社西中学校教諭。第4回岡山県文学選奨入選。
1972	47	38	「総社文学」創刊同人。
1974	49	40	詩集『高梁川』（火片発行所）刊行。
1975	50	41	詩誌「舟」創刊、同人（1987年退会）。
1976	51	42	総社市文学選奨詩部門選者。
1977	52	43	日本現代詩人会会員（磯村英樹、永瀬清子推挙）。
1978	53	44	総社東中学校教諭。総社幼稚園園歌作詞。
1980	55	46	ヨーロッパ5カ国教育視察派遣。
1981	56	47	詩集『メメント　モリ』（火片発行所）刊行。旺文社主催第25回全国学芸コンクール詩部門（社会人）で、最優秀賞「坂本NHK会長賞」受賞。
1983	58	49	詩集『アイガイオン』（火片発行所）刊行。
1984	59	50	日本詩歌文学館評議員。
1985	60	51	岡山県立岡山西養護学校小学部主事。総社北小学校校歌作詞。

1987	62	53	岡山県地域振興部県民生活課参事。
1988	63	54	季刊詩誌「橋」創刊同人、6号終刊。
1989	平成元	55	総社市立総社西小学校校長。詩集『とんと立つ』（手帖舎）刊行。
1990	2	56	『とんと立つ』が岡山出版文化賞佳作（日本文教出版社）。
1991	3	57	総社市立総社中央小学校校長。
1992	4	58	詩集『伏流水』（土曜美術社出版販売／解説・永瀬清子）刊行。
1994	6	60	定年退職。総社市総合文化センター館長就任。聖良寛文学賞受賞。総社市制40周年記念「交響詩曲―吉備路―」作詞。
1996	8	62	詩碑建立「おさん狐」（総社市下原伊与部山公園）。『日本現代詩文庫第二期④ なんば・みちこ詩集』（土曜美術社出版販売）刊行。『詩・写真で綴る 高梁川流域の四季』（山陽新聞社／写真 宮本邦男）刊行。
1997	9	63	総社市総合文化センター館長退任。
1998	10	64	岡山県文学選奨詩部門審査員（第33、34、37、38回）。総社市文化協会常任理事、副会長。
1999	11	65	詩集『蜮・ＩＫＩ』（土曜美術社出版販売）刊行。丸山薫賞受賞。中四国詩人会理事。日本詩人クラブ会員に推挙される。
2000	12	66	岡山芸術文化賞準グランプリ受賞。母・貞子死去（満88歳）。
2001	13	67	「童謡集」創刊号発行、二号より「とっくんこ」と命名。岡山県詩人協会理事長。
2002	14	68	第35回日本詩人クラブ賞選考委員。
2003	15	69	第1回おかやま県民文化祭実行委員会委員。岡山県詩人協会会長。
2004	16	70	H氏賞選考委員。「童謡絵本とっくんこ第10号記念」発刊。詩集『おさん狐』（土曜美術社出版販売）刊行。
2005	17	71	「木山捷平文学賞」第9回終了、審査員を降りる。岡山県詩人協会会長から理事へ。岡山県文化連盟発起人、幹事。第38回日本詩人クラブ賞選考委員。岡山県文化賞等選考委員。県高連中國大会現代詩部門選考委員、講師。丸山薫賞選考委員（～2013）。『モノクロに魅せられて 風早昱源写真集』（詩 なんば・みちこ）刊行。
2006	18	72	「童謡絵本とっくんこ第20号記念」「とっくんこ曲集」刊行。岡山県文化連盟副会長。岡山県文化連盟審議会委員。
2007	19	73	総社市市民憲章制定委員会会長。総社市教育委員長。
2008	20	74	詩集『下弦の月』（書肆青樹社）刊行。
2009	21	75	秋の叙勲「瑞宝双光章」受章。
2010	22	76	「童謡絵本とっくんこ第30号記念」刊行。中四国詩人賞審査。
2011	23	77	山陽新聞賞受賞。
2012	24	78	岡山県文化賞受賞。福武文化賞受賞。『日中戦争から第二次世界大戦へ』（火片発行所／編著なんば・みちこ）刊行。
2013	25	79	三木記念賞受賞。『竜のすむ聖地 龍ノ口山』（山陽新聞出版センター／写真 難波由城雄）刊行。絵本『おさん狐』（でくの房／絵・野村たかあき）刊行。
2014	26	80	「童謡絵本とっくんこ第40号記念」刊行。詩集『兆し』（土曜美術社出版販売）刊行。総社市文化功労者表彰。
2015	27	81	総社市市歌「総社市のうた」作詞。『井奥行彦×なんば・みちこ 二人展』開催（於吉備路文学館）。
2016	28	82	『トックントックン 大空で大地で』（銀の鈴社／絵・布下 満）刊行。
2017	29	83	宝福寺（総社市井尻野）に井奥行彦、なんば・みちこ顕彰詩碑建立。第3回児童ペン賞詩集賞。
2018	30	84	「童謡絵本とっくんこ第50号記念」刊行。
2020	令和2	86	『道すがらの記』（火片発行所）刊行。
2021	3	87	「なんば・みちこ 校歌等作品集」（サンコー印刷）発行。

参考／なんば・みちこ作成年譜、『日本現代詩文庫第二期④ なんば・みちこ詩集』『詩人 井奥行彦 なんば・みちこ夫妻ものがたり』

父と母

父は岡山地方裁判所の書記官であった。まじめで誠実、仕事が速く、上司から嘱望されていたと聞いた。父は、昭和二十二年に四十二歳で戦病死した。

母・貞子

父・為雄

父は現在の岡山市平島に五人兄弟の末っ子で生まれた。たくさんの田畑を持つ家だったと聞いているが、後に訪れた時、門部屋が二つある家で、そこに二人を雇っていたというから事実だろう。が、父は読者や学問が好きで、田畑を作ることを志とせず、家を離れたという。家からの仕送りはなく、独学と通信教育で学んだようだ。後に尋常小学校の卒業写真で六年生の父の顔をみる機会があったが、それは、きらきら輝く燃える目を持った少年であった。

母は三人姉妹の末っ子に生まれたが、早くに姉二人が逝去し、一人娘として育った。県立の高等女学校を出て和裁の専門学校に入り、その道に進んだ。祖母が呉服商を営んでいた影響もあったのだろう。祖父は器用者で、百姓の傍ら頼まれては「とうし」(篩)を作ったり桶を作ったりしていたが、それを売って収入を得ていたとは思えない。

収入はもっぱら祖母の稼ぎで、農閑期になると近所の人や遠くの人がやってきて、我が家の座敷に反物が華やかに並べられたりした。・・・祖母は芝居が好きで、農閑期にやってくる流しの芝居小屋がたつと、何はおいても出かけて行った。暗いうちから巻き寿司や

前列左から４人目、母・貞子に抱かれる、なんば（１歳）
後列右から３人目、父・為雄

狐寿司を作り、それを三段重ねの重箱につめて、十キロぐらい先までは平気で出かけていた。その日は朝から髪結いさんが来てきれいに髪を結い上げ、着物も帯もよいものを付け、その髪結いさんを連れて出かけるのが常であった。

『道すがらの記』（抜粋）

幼少時代

今までに自分が書いてきた詩を読み返して見て、「水」を扱った作品がとても多いのに驚く。岡山県の三大河川の一つである高梁川の流域に生まれ、流域に住んでいるので、川とのつながりも深く、自然に心が傾いていくのかもしれない。

高梁川の思い出の最初は二歳の頃にさかのぼる。正確には二歳かどうかはっきりしないが、父の勧めの関係で現在の高梁市に生まれ、二歳まで住んでいたと母から聞いているのでそう思っている。

川の流れに沿ってトラックは走っていた。斜めに光が差していたから多分夕方に近い時刻だったろう。川の存在に気がついたのは、父母が途中で下車して運転手と二人きりになった時のことだ。両親が下車した理由は知らないが、家への土産か何か買うために店へでも立ち寄ったのだろう。短い時間だったのだろうが、私にはとても長い時間で、不安だった。その時私の記憶に強く焼きついたのが川の姿である。

それは、今でも鮮やかによみがえる。川は紫色の白い歯をむく生き物であった。向こう岸に迫った山の陰になって、川はすでに闇をはらんでおり、川中の岩にぶつかって砕ける波はしぶきを上げて走っていた。その姿には、私をどこかへ連れ去ろうとする運命の予感があった。父母が帰って来た時泣いたかどうかは記憶にない。

高梁からの引越先は岡山市だったが、程なく父が応召となり、母の実家の総社市へ移り住むことになる。ここが今も住んでいる高梁川のほとりの家である。　『道すがらの記』(抜粋)

2歳

昭和15年吉備郡神在村神在尋常小学校に入学した。全校児童数200人程の学校で、歩いて30分の場所にあった。

登下校は田んぼの中を通る幅2メートル弱の道である。高学年の子どもが公会堂の前の広場で待っていて、皆が集まると出発した。集団登校は今頃とさして変わらない。小学校には高等科もあって、高等科は二年制だった。

行きは集団登校でも帰りはばらばらである。帰りは格別楽しかった。

『道すがらの記』(抜粋)

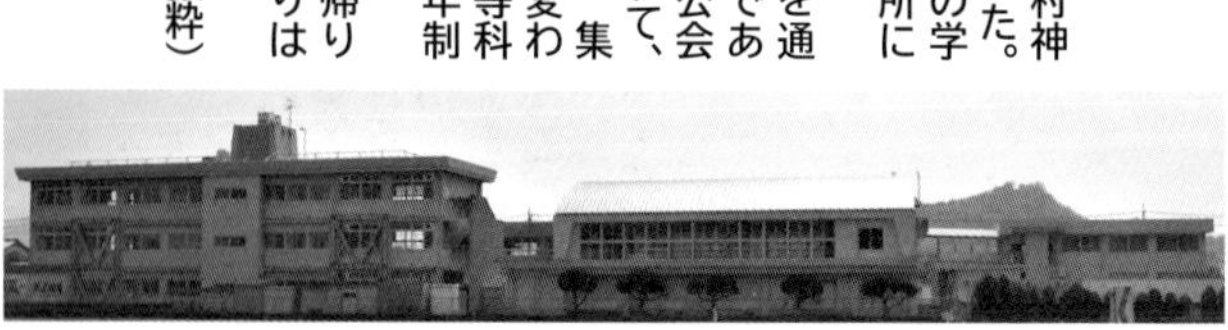
通っていた小学校（現在の総社市立神在小学校）

少女時代

書や絵が得意で、「一等」や「優」が並ぶ。
また、成績も優秀でほぼ「優」であった。

少年少女向きの『南総里見八犬伝』や『怪盗ルパン』『小林少年』『ホームズ』『エドガー・アラン・ポー』『江戸川乱歩』など、片端から読んだ。夢中で読んだ厚い記憶だけは今も残っている。小学生の頃は殊に探偵ものに溺れていた。

『道すがらの記』(抜粋)

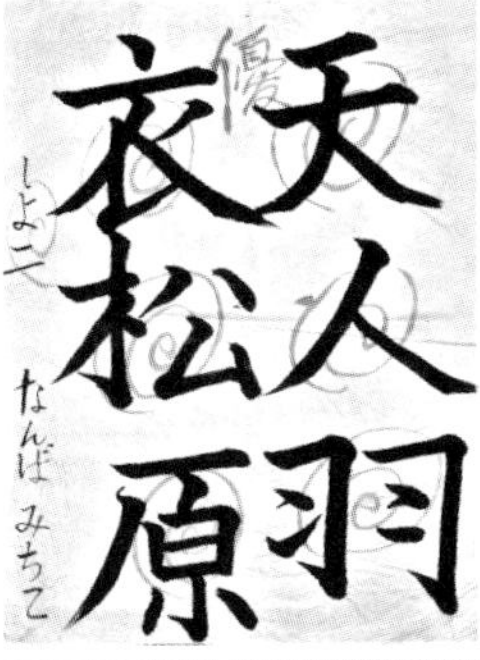

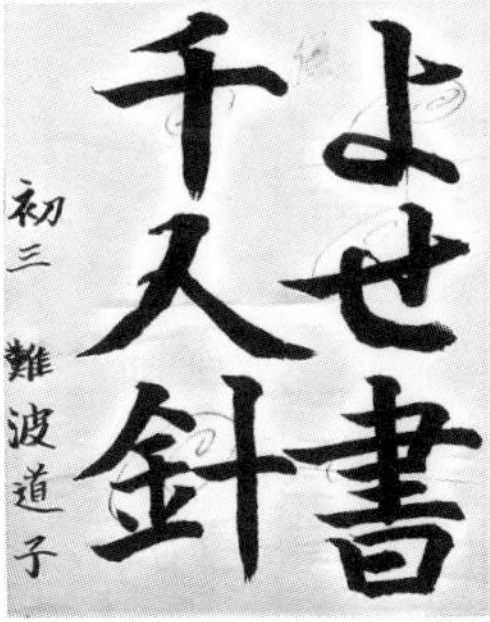

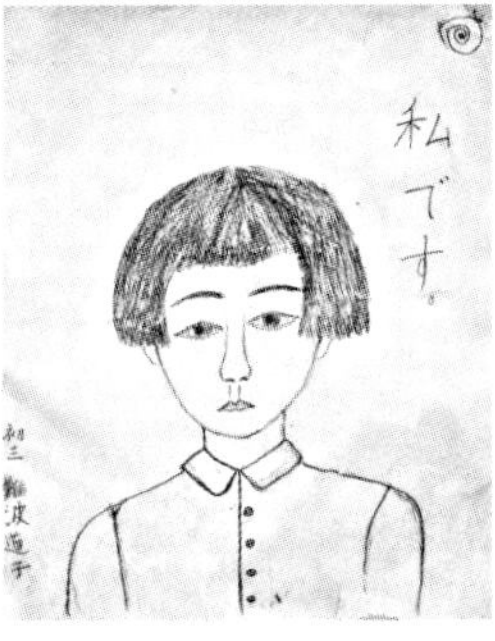

私は内向的になり、ひとりで過ごすことがより多くなった。本を読むことが唯一の救いであり、本にのめりこんでいった。その頃のことを思うといじめやいじめられっ子のことが理解できる。先生にも友達にも親にも言えない苦しみが分かる。五年生の時、祖父が病気になり亡くなった。女性ばかり三人住まいになったこともあり、誰よりもやさしかった祖父の死は辛く耐え難かったが、戦争はますます激しくなり本土への空襲も始まって、祖母と母は悲しむ時間さえない日々だった。

『道すがらの記』（抜粋）

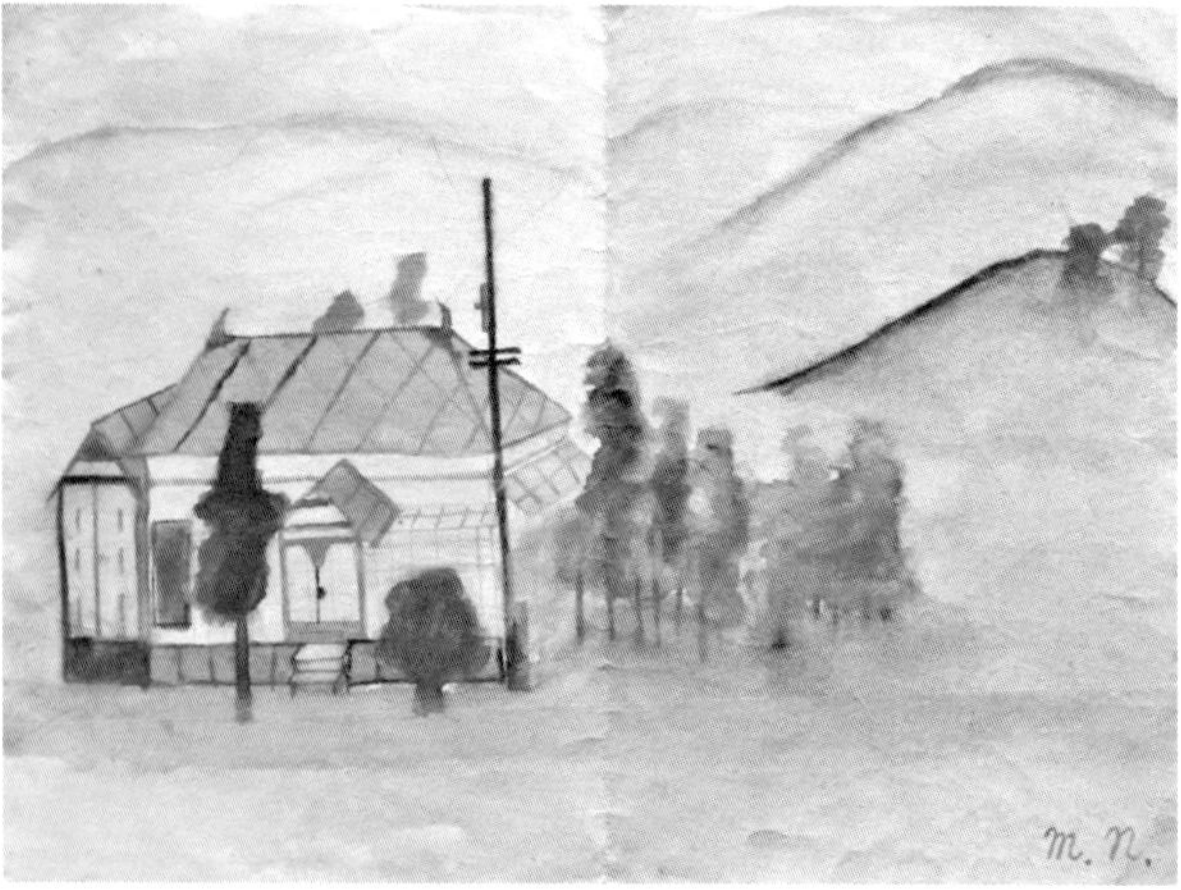

初等科４年

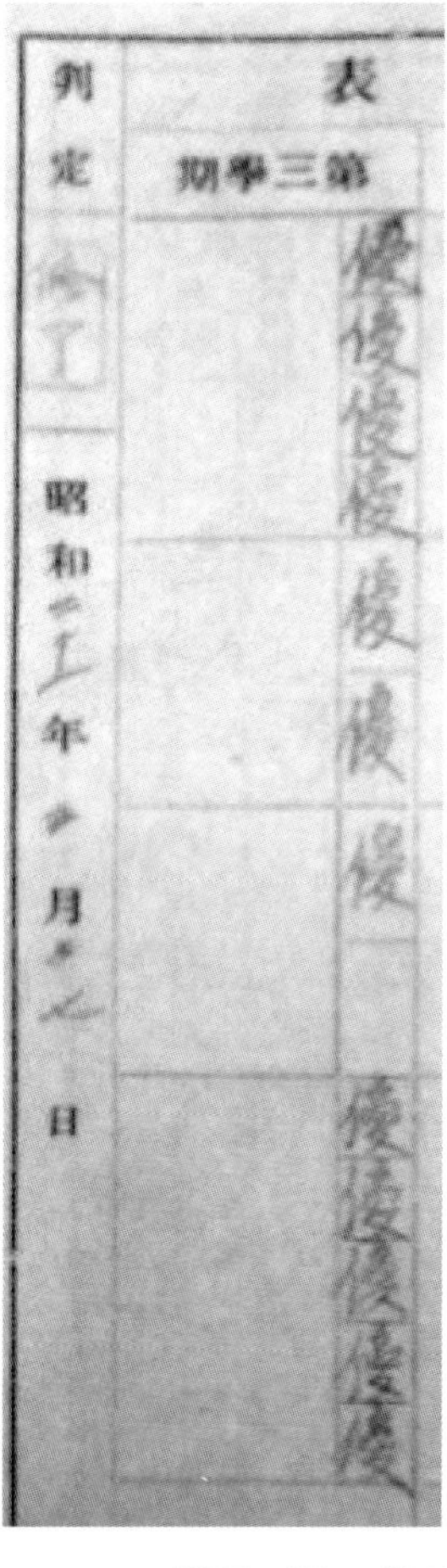

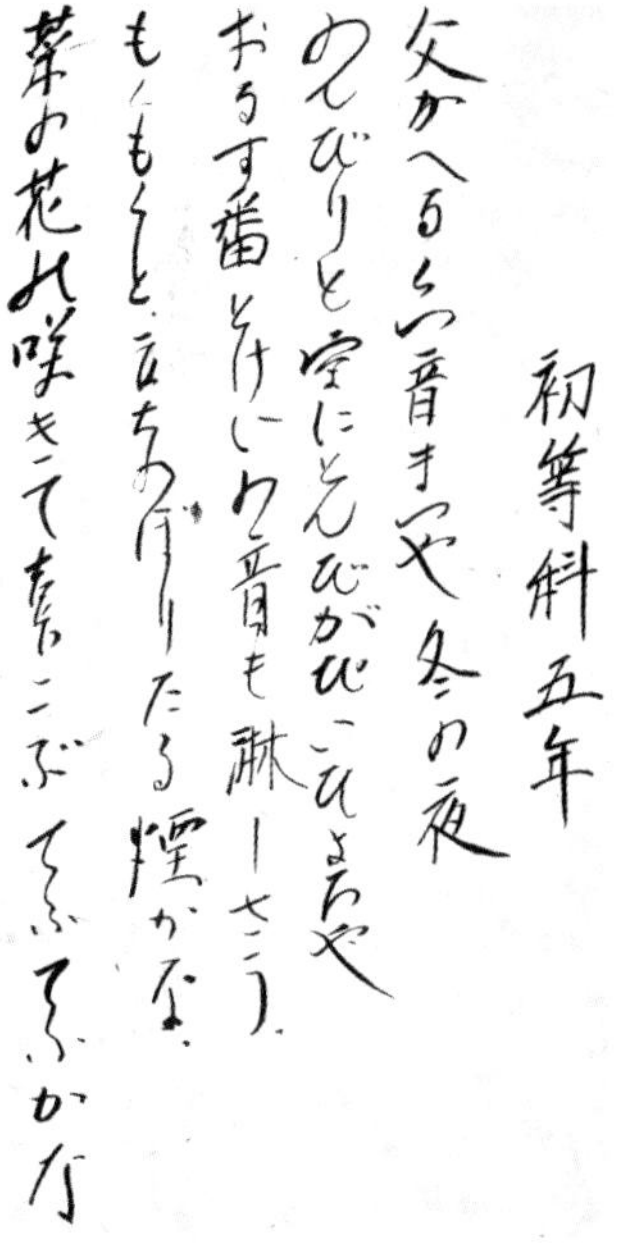

初等科5年

成績表／常に「優」が並び成績優秀だった。

空襲を語る

警戒警報と空襲警報のサイレンが鳴るたびに電灯に黒い布を被せて灯りが外に漏れないようにした。家にある鉄瓶や窓の鉄柵・鉄格子なども供出した。父が愛用していた鉄瓶を出す時、母は鉄瓶を長い間抱きしめていた。終戦後になってもたくさんの鉄瓶や鉄柵が常盤橋のたもとにうず高く積まれたまま、長い間放置されていた。あの宝物を誰がどのように処分したのだろうと今でもふっと思うことがある。

『道すがらの記』（抜粋）

母と

父と

水島空襲から一週間後の岡山空襲は六月二十九日の深夜に始まった。草木も眠るという午前二時四十三分から午前四時七分までの空襲だったことはあとで聞いたが、私は母に起こされてすぐに避難する準備をした。準備といえば既にいつも出来ていて枕元に置いてある大きな信玄袋に大方の物は入れていたから、あとは先祖のお位牌と教科書を加えるだけだった。既に入れていたものは、梅干・塩・干し芋・水筒・防空頭巾・もんぺと上着だった。

家から外に出ると、東の空が赤々と燃えていたが、岡山よりもっと近く思えた。近所の人達も集まって備中高松か吉備津か岡山かなどひそひそと話していた。総社の町のすぐ東のようにも思えた。

祖母と母が急かした。祖父はこの年のはじめ、病気になってなくなっていたし父は出征していたから、三人家族だった。

『道すがらの記』（抜粋）

創作「春よいづこ」

大好きな父親が戦争から帰還したものの戦病死し、悲しみに暮れ、悶々と過ごす毎日。なんば氏は読書と詩文を書くことを唯一の慰めとしていた。その創作世界の中に、父親を彷彿とさせる人物が登場することは珍しくなかった。

小説「春よいづこ」

㈠帰らぬ父　㈡母の死　㈢叔父の家　㈣家出　㈤芳子の家　㈥弘子よいづこ　㈦弘子の決心

〈人物〉弘子　弘子の母、弘子の父　叔父　叔母　栄子　芳子　芳子の母　若石（書生）

帰らぬ父

鴉がばたばたと羽音を立てて五・六羽大きな柿の枝から飛び立ちました。

カオカオ・・・・・・その声に、あたりには次第に夕闇が立ち込め初めました。（つづく）

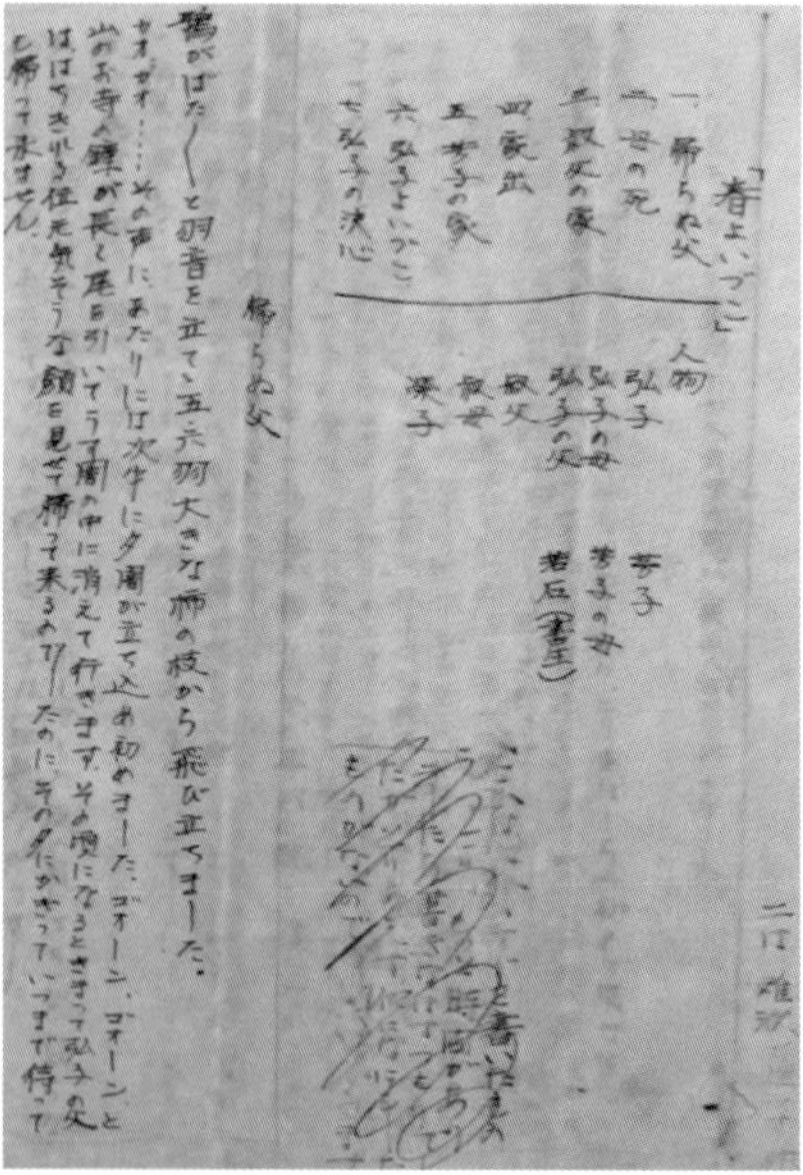

創作「春よいづこ」（中学2年作）

創作ノート「紫水晶」

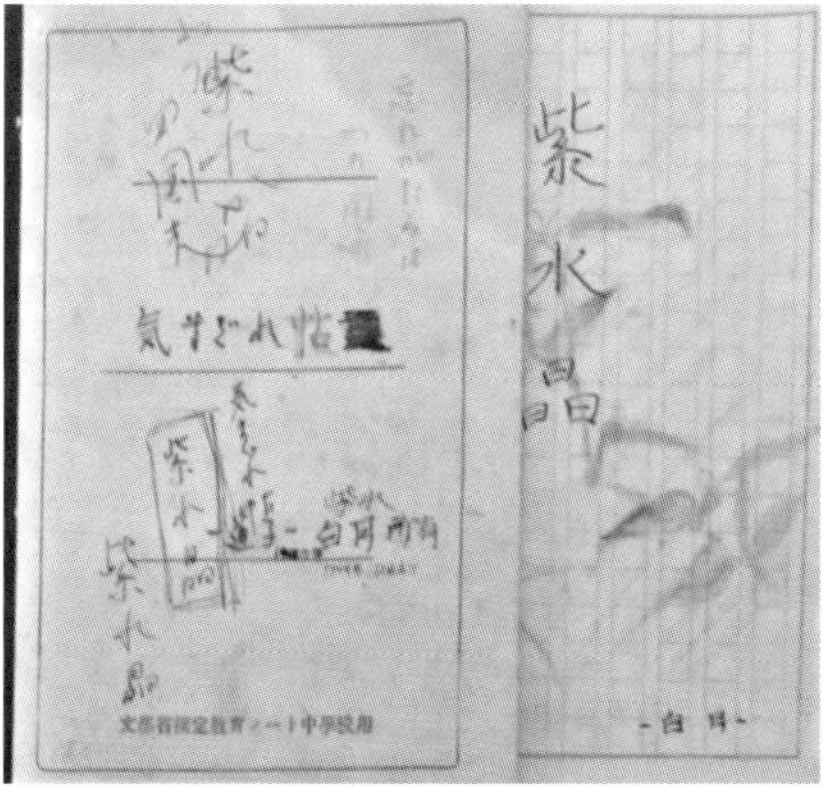

気まぐれ帖と記されたノート
「紫水晶」の一部

創作ノート「紫水晶」

10代の多感な気持ちを素直に書き記したノート。タイトルは、2月の誕生石、アメジストから「紫水晶」。悩める思春期の想いを小説や詩で表現することを心の拠り所としていた。

この「紫水晶」ノートは、なんば氏が13歳頃から自分の不安や悲しみ等、とりとめのない思いをノートに書きとめていたもの。読み返してみて「センチメンタルすぎた」と自己評価する一方、「思春期の苦しみ」「ありのままの心の表現」を記したものである、と分析している。

……私の心はいつも暗かった。思春期のせいだったかも知れないが、鬱屈した心はともすれば悲観的な方向に落ち込みがちだった。それを短時間でも癒すのは、詩を書くことだった。詩とはいえないものだが、何かをノートに書き付けることで落ち込んでしまうのを留めた。ノートには私の誕生石「紫水晶」と名づけた。

父の行方は知れず、生死も定かでなかった。陰膳をつくり、写真の前で祈り続ける母、祖母。多忙の中でも毎日のように出かける往復三キロの宮参り、一ヶ月に一度くらいは往復十キロの道を歩いて祈願する母。「父はどこかで生きている」と信じて疑わない母だった。

『道すがらの記』（抜粋）

紫水晶

母が出かけるときに付けている
父から貰った紫水晶の指輪
母は六月生まれだけど
紫水晶が好きなのだ　きっと
紫水晶の原石も戸棚の中にしまってある

私は指輪より原石が好き
尖った水晶の頭をぐりぐり掌に押すと
痛みに近い感触
手の甲に押し付けると
骨に響く

紫の濃い部分
うっすらと雲のようにたなびいているうす紫
こっそりと布から出して
あとは秘密

痛みが残っている間に
元の場所へ
言ってもどうにもならない不安とぐちを
くどくどと毎晩のように繰り返す　母
どうにもならない心のうちを書くわたし

どうにもならないことのために
生きていると割り切ることのできない人間
紫水晶の一つ一つの小さな山が美しい
みんな違ってきれい
今日はこっそり夕陽にかざして見よう

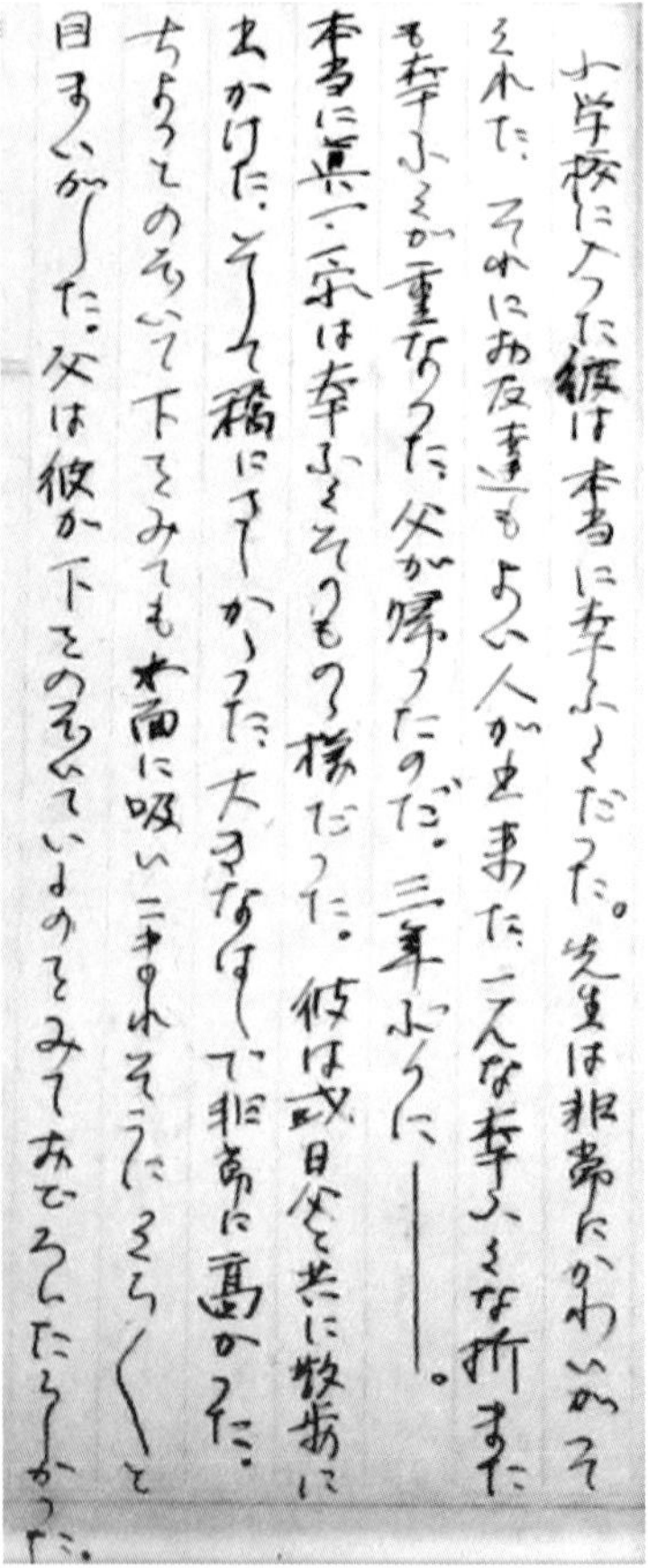

小学校に入った彼は本当に幸ふくだった。先生は非常にかわいがってくれた。それにお友達もよい人が出来た。こんな幸ふくな折またも幸ふくが重なった。父が帰ったのだ。三年ぶりだ———。本当に眞一家は幸ふくそのもの様だった。彼は或日父と共に散歩に出かけた。そして橋にさしかかった。大きなはしで非常に高かった。ちょっとのぞいて下をみても水面に吸い込まれそうにおそろしくと目まいがした。父は彼が下をのぞいているのをみておもしろかったらしかった。

眞一を主人公にした長編小説
何度も書き直している。

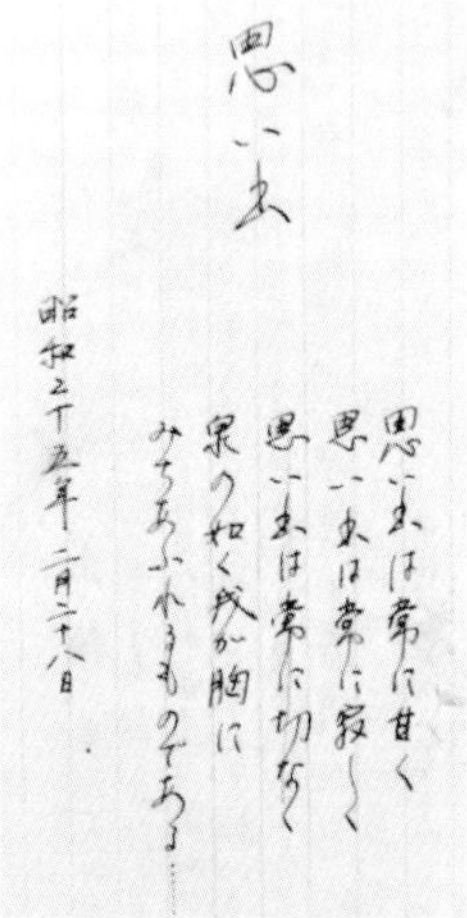

思い出

思い出は常に甘く
思い出は常に寂しく
思い出は常に切なく
泉の如く我が胸に
みちあふれるものである……

昭和二十五年二月二十八日

創作ノートの前書きに
添えられた詩
「思い出」（1950年）

15歳

文芸誌「風車」

高校2年文芸部時代、詩だけでなく短歌も作り、掲載されていた。「顧問の先生がガリ版で書いてくださるものを謄写版で印刷する手伝いをし、冊子に仕上げました。先輩や後輩もいて、楽しい作業でした。」と、なんば氏は当時のことを話す。

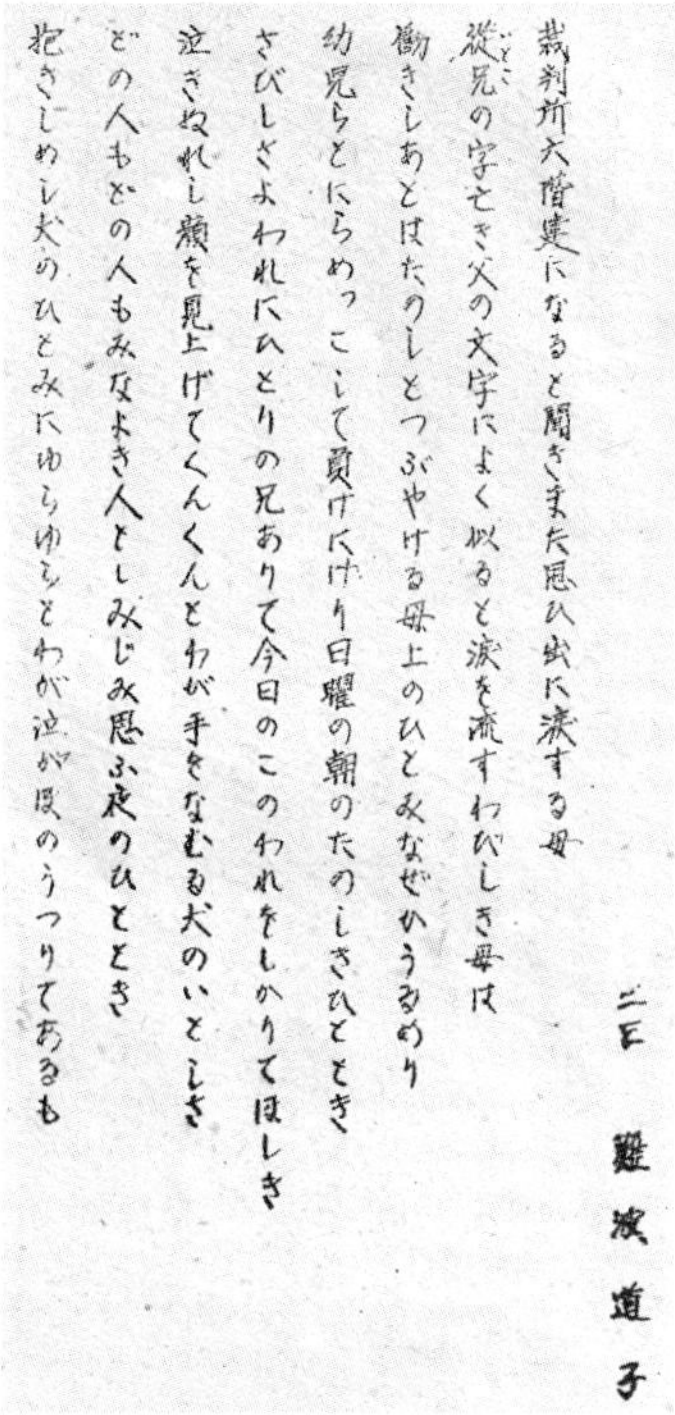

二E　難波道子

裁判所大階建になると聞きゝ夫思ひ出に涙する母
従兄《いとこ》の字亡き父の文字によく似ると涙を流すわびしき母は
働きしあとはたのしとつぶやける母上のひとみなぜかうるめり
幼児らとにらめっこして負けにけり日曜の朝のたのしきひととき
さびしさよわれにひとりの兄ありて今日のこのわれをしかりてほしき
泣きぬれし顔を見上げてくんくんとわが手をなむる犬のいとしさ
どの人もどの人もみなよき人としみじみ思ふ夜のひととき
抱きしめし犬のひとみにゆらゆらとわが泣顔のうつりてあるも

「風車」掲載の短歌

「詩人なんば・みちこ」の誕生

永瀬清子に送ったノートに書いた詩の中から、永瀬氏が詩を選び、「詩作」8集に掲載された。その後、永瀬氏との交流が始まる。このとき、「なんば・みちこ」という一人の詩人が誕生した。

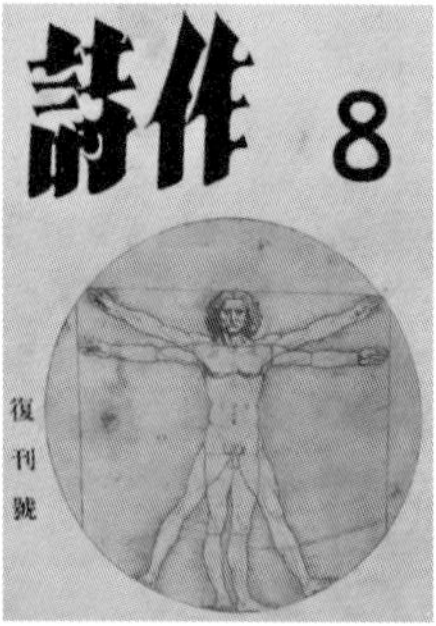

私は「詩人になろう」とひそかに志していた。

そして、既に永瀬清子師にノートを送っていたのだった。・・・・・詩文のノート四冊に手紙を添えて投函した。消極的な私の初めての行為だった。・・・・・

一年近くを経て、一冊の冊子が届いた。終戦後、岡山県内で初めて出版された「詩作」という質素な詩誌（8号）だった。この冊子に思いがけず私の「ロダン作洗礼者ヨハネ」の詩が載り、「作者十四歳」とあった。冊子の送り主は編集者からだったが、永瀬師が選んで下さったに違いないと思った。驚きと嬉しさが込み上げた。・・・書きなぐりノートはいつも手元にあった。

永瀬清子師と言葉を交わすことができたのは、岡山大学入学の年であった。「黄薔薇」創刊号に誘われ同人となった。師は「心を打つ作品は日常を真剣に生きる中から生まれる」とおっしゃった。

『道すがらの記』（抜粋）

大原美術館を訪うて

—ロダン作・洗礼者ヨハネ—

難波道子（十四才）

門を入つて
すぐ左手に目にうつる
ロダン作洗礼者ヨハネ
その鼻は高くつき出で
その口はきりゝとしまり
深き慈愛と力をたゝえたその眼
（そのすそに小蜘蛛一匹巣をかけぬ）
彼の力は身体にみなぎり
さながら力あふるゝばかり
私はしばし我を忘れた
偉大なるかな洗礼者ヨハネ
そしてさらに偉大なるかな
ロダン　あゝ　ロダン

「詩作」8集に掲載された詩

17歳

・・・・・次第に自分も詩書きになりたいと、心底思うようになっていった。

だが、書こうとしても、何をどう書けば詩になるのか、よくわからない。それ以前から詩らしいものはノートに書きなぐっていたが、どうも、私の書いたものは詩にはほど遠いのではないかと思われてくるのだった。しかも、困ったことに、八十や白秋は泣きたくなるほど好きなのだけれど、自分が書きたい詩とはどこか違うのである。

そんな時に出合ったのが薄田泣菫の『暮笛集』だった。

『日本現代詩文庫・第二期④　なんば・みちこ詩集』（抜粋）

学生時代
女子4人で
詩誌「ぶどう」創刊

岡山大学に入学した私は、寂しさが募るばかりだったが、高校の頃文学を語り合っていた友人二人と文芸部に入部したのだった。・・・・・男子学生の数人はいつも議論を戦わせていたし数人は黙って将棋や囲碁をしていた。当時の議論の内容は詩のことが主だった。詩誌「火片」（前年〜昭和二十六創刊）のメンバー三人を中心に、部室にいて「荒地」や鮎川信夫の話が声高にとびかっていた。シュールリズムや形而上詩の話などもあったが、私たちには理解しがたく、女子四人で詩誌を立ち上げることにした。「ぶどう」と名をつけて、ガリ版で順番に担当して作った。けれど、三号まで続いただけだった。私は永瀬清子師から声がかかり、「黄薔薇」創刊号から同人になり、他の三人も勉強や教育実習の準備やらに追われて多忙になったのだった。

井奥に出逢ったのは文芸部である。彼は穏やかな青年に見えたが芯が強く「火片」三人の中でもよく響く声で議論していた。

『道すがらの記』（抜粋）

詩誌「ぶどう」「幼い者に」に掲載

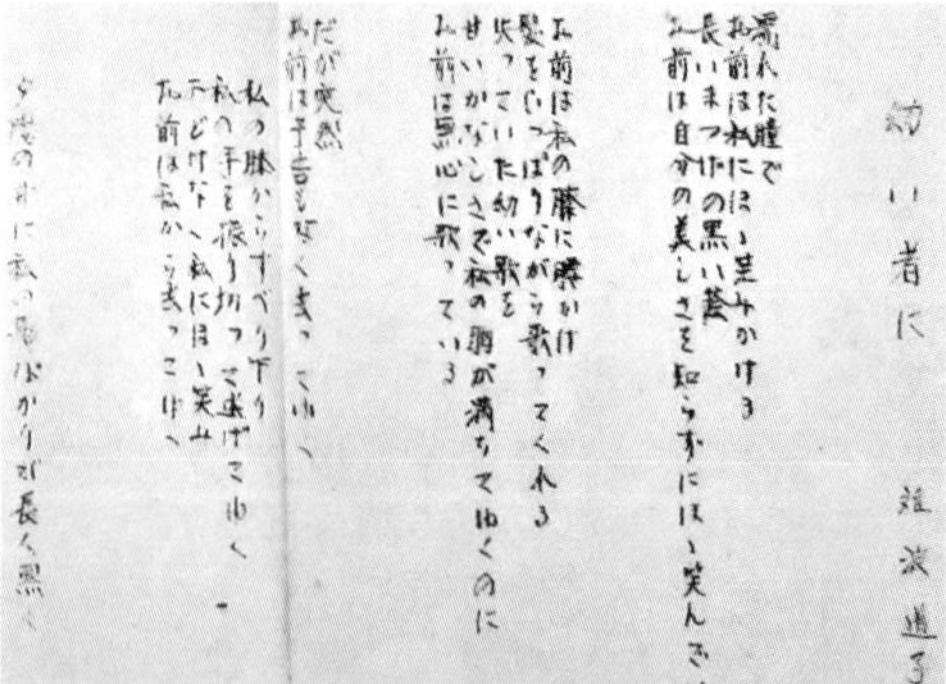

19歳

教育実習へ（左端）

結婚前の２人

「黄薔薇」にて
前列中央 坂本明子
後列右 永瀬清子
後列左 なんば・みちこ

教員時代

　学校に勤務するようになってからは、時間を気ままに使うことはできなくなった。・・・このような日々の中で私を楽しませてくれたのはむろん子供たちとの交流であったが、さらに詩を書く人たちであった。永瀬清子師を中心に集まった最初の五人は七人になり、更に増えていった。同人会も妙善寺だったり東山のお寺だったり、後楽園だったりした。・・・・詩を書くことや詩の仲間と逢うことで、仕事と自分の心の内面とを分けてそれぞれをこなすことができるようになった。きっかけは同人の生き様に学んだことだ。永瀬師の影響は大きい。手ぬぐいを被り汗だくになり、農業を続ける土まみれの姿、詩の会では詩ひと筋の姿、しかもご自身の美も忘れないおしゃれ、人は心一つで変化自在なのだ。夜一人になると、私はノートに向かった。

『道すがらの記』（抜粋）

作品

趣味の絵、書、詩、思い出の品々・・・

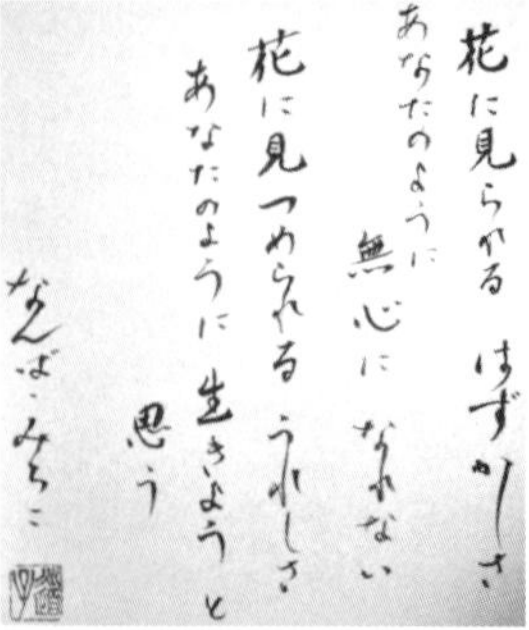
花に見られる　はずかしさ
あなたのように　無心に　なれない
花に見つめられる　うれしさ
あなたのように　生きようと
思う
なんば・みちこ

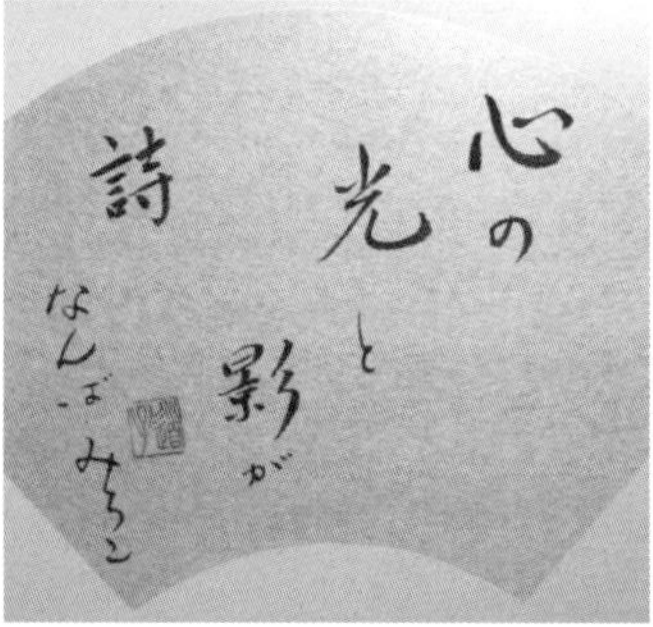
心の
光と
影が
詩
なんば　みちこ

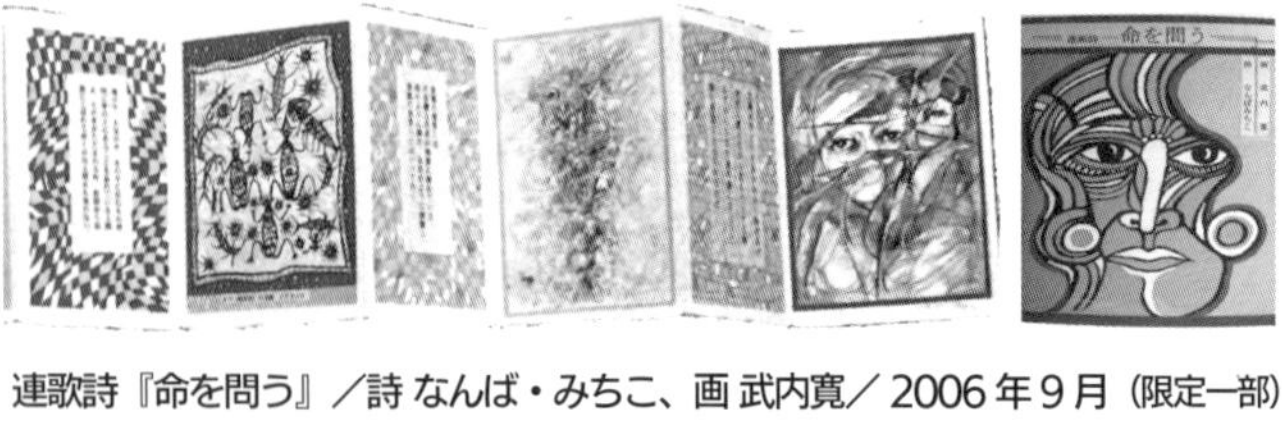
連歌詩
命を問う

連歌詩『命を問う』／詩 なんば・みちこ、画 武内寛／ 2006 年 9 月（限定一部）

どんなときでも
やさしくできるなら
本もの
みちこ

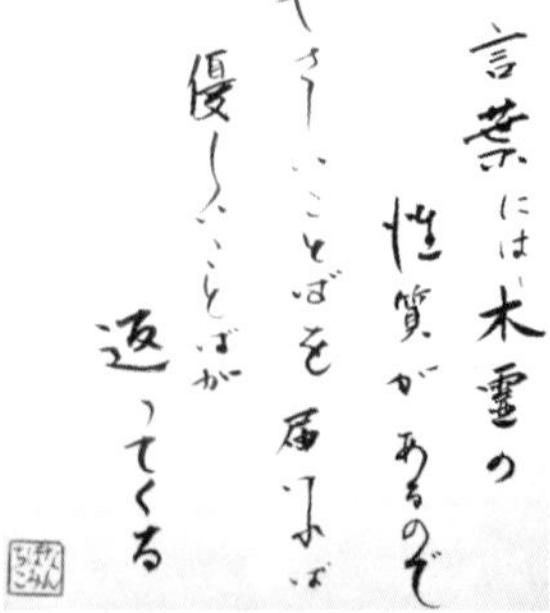
言葉には木霊の
性質があるので
やさしいことばを届ければ
優しいことばが
返ってくる

人は眼に見えぬ
もののために
生きている
例えば愛
ことば
それらが見えないからと
悲しむ
なんばみちこ

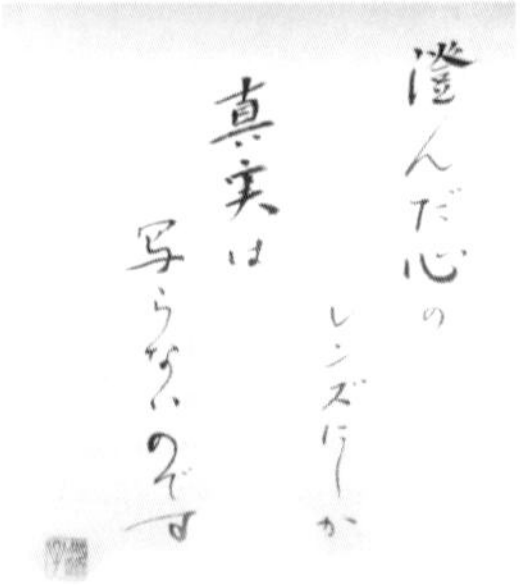
澄んだ心の
レンズにしか
真実は
写らないのです

画　なんば・みちこ

猫のバブ

『なんば・みちこ　校歌等作品集』

これまで手がけた11の園歌・校歌等を集約し一冊にまとめた。

「これまで作った校歌が散逸しないうちにまとめたい…長年そう思っていたのでホッとした。」となんば氏は言う。

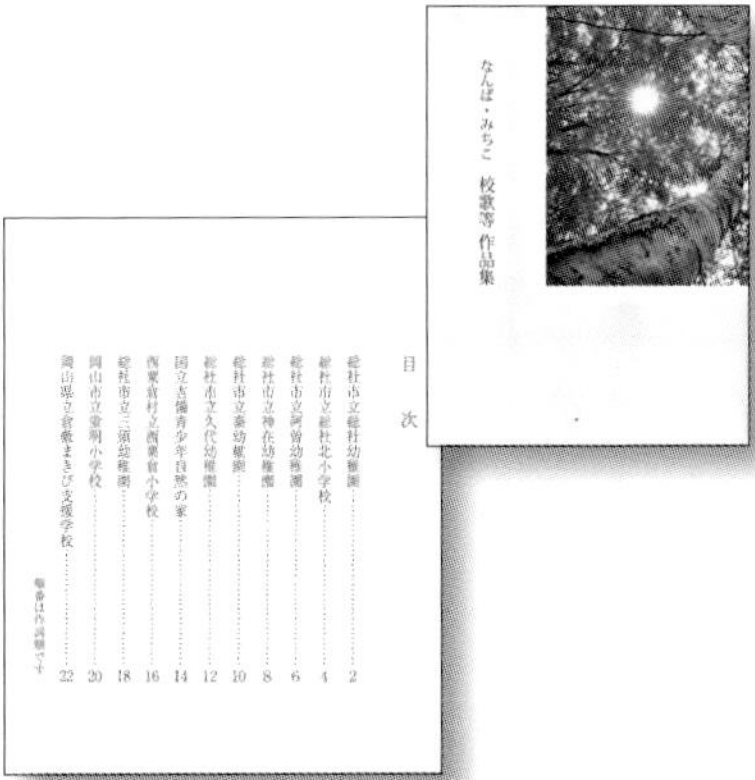
なんば・みちこ　校歌等 作品集

目次

番号は作詞順です

『なんば・みちこ 校歌等 作品集』
（サンコー印刷／ 2021 年 12 月発行）

◇家族

教員の仕事は共に忙しく、家事は分担していた。家族で過ごす休日もなく、旅行写真はほとんどないが、そのときどきの思い出は心に焼き付いている。

長女と３人で

祖母、母、長女、犬マリと

長女と／1957年

家族で蒜山へ

親子４人の旅行の思い出はほとんどない。教員時代はそれほど多忙を極めた。「蒜山旅行３泊」と「小豆島２泊」しか思い出せない、となんば氏は当時を振り返る。

三つのパルピ（治彦）に
詩　なんば・みちこ
３歳の息子・治彦のために
書いた作品集

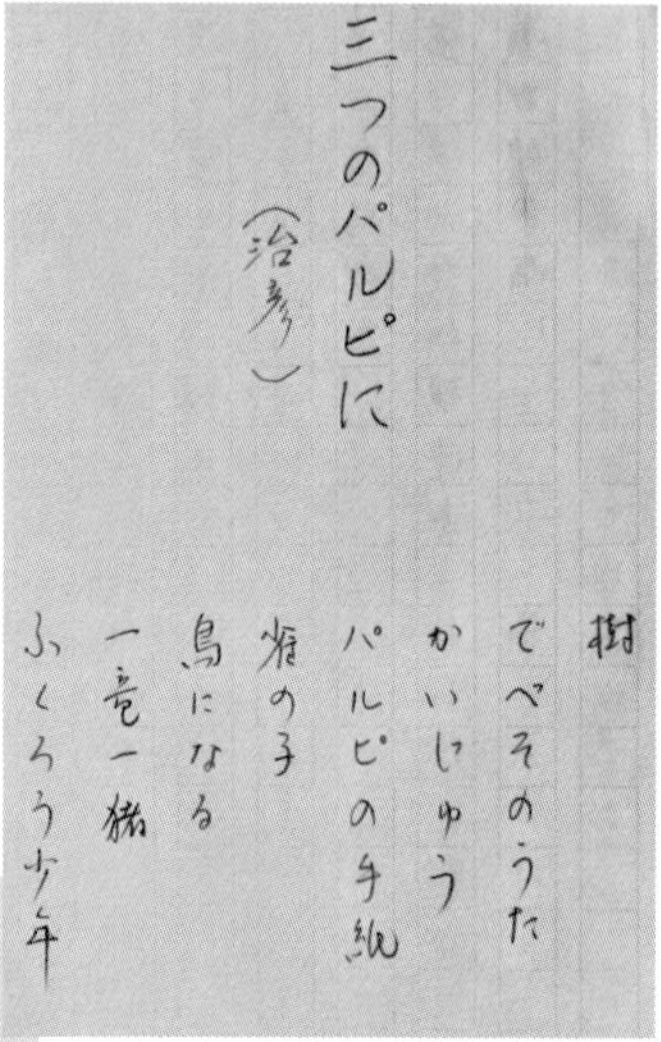

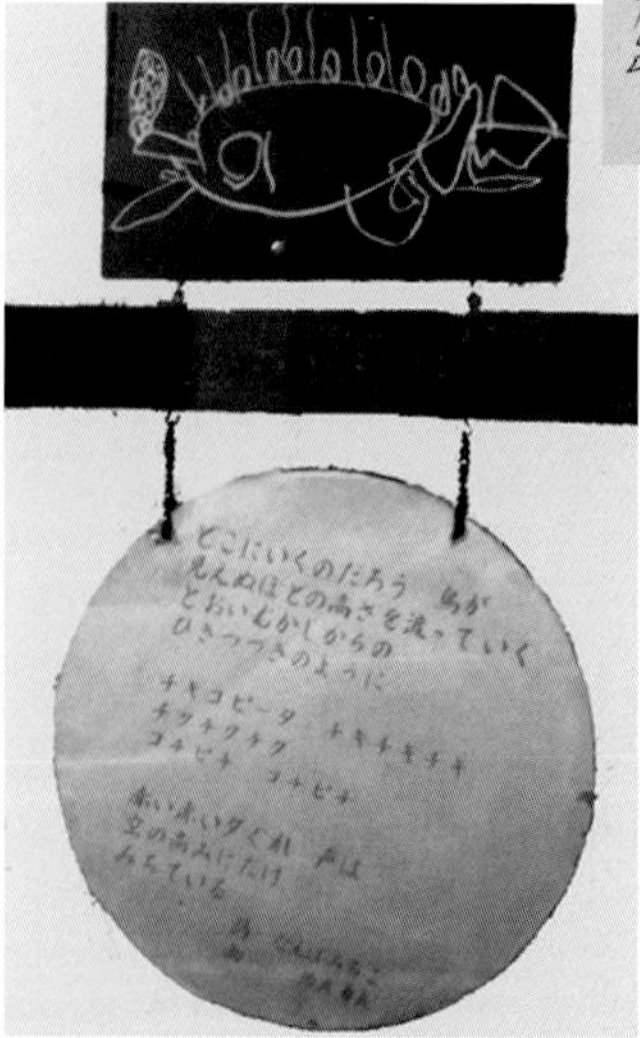

詩　なんば・みちこ
画　治彦（長男４歳）

長男から母（なんば）へ

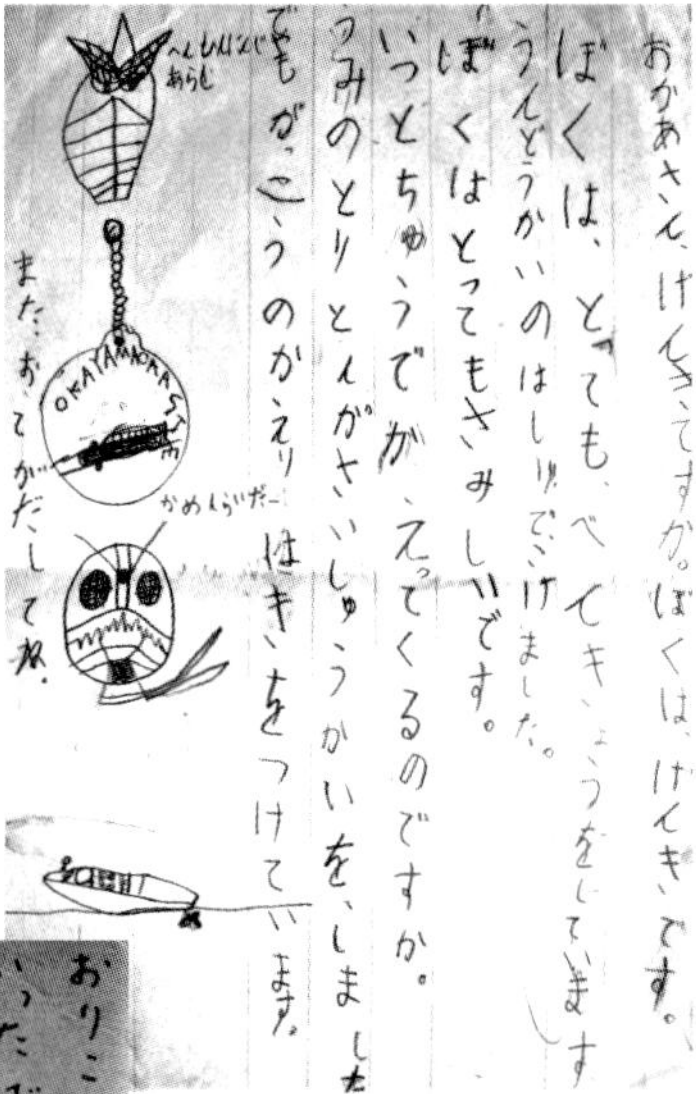
おかあさんげん気ですか。ぼくは、げんきです。
ぼくは、とっても、べてきょうをしています
うんどうかいのはしりでこけました。
ぼくはとってもさみしいです。
いっとちゅうでかえってくるのですか。
うみのとりとんがさいしゅうかいをしました
でもがっこうのかえりはきをつけています。
また、おてがみだしてね。

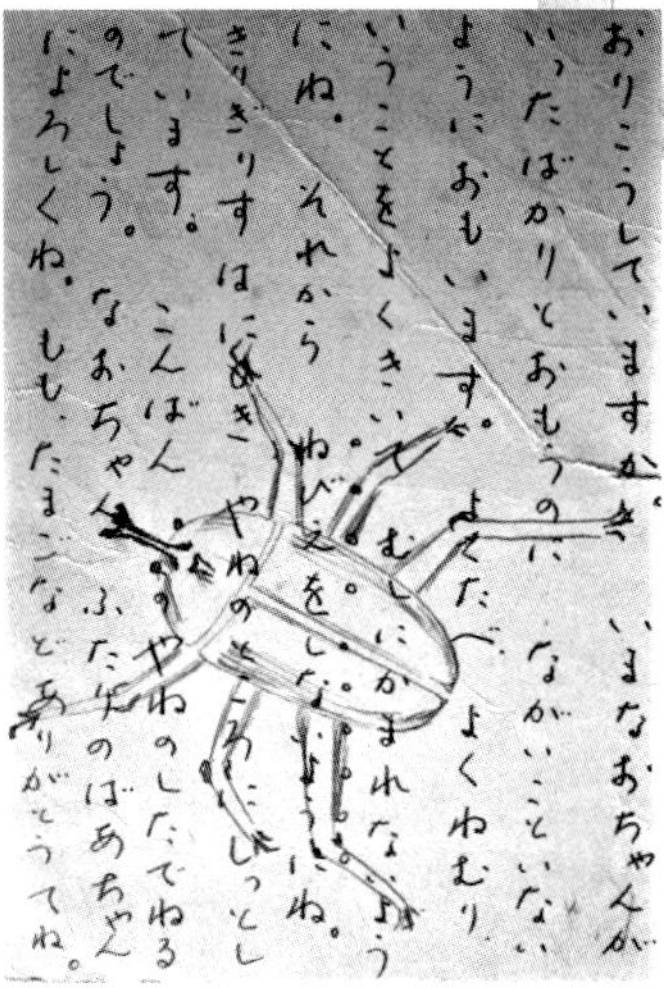
おりこうしていますか。いまなおちゃんが
いったばかりとおもうのに、ながいことないない
ようにおもいます。よくたべよくねむり
いうことをよくきいてむしにかまれないよう
にね。それからねびえをしないようにね。
きりぎりすはにぬきやねのところにじっとし
ています。こんばんやねのしたでねる
のでしょう。なおちゃんふたりのばあちゃん
によろしくね。もし、たまごなどありがとうてね。

父（井奥）から長女へ

◇二人の同人活動

井奥行彦　同人活動一覧

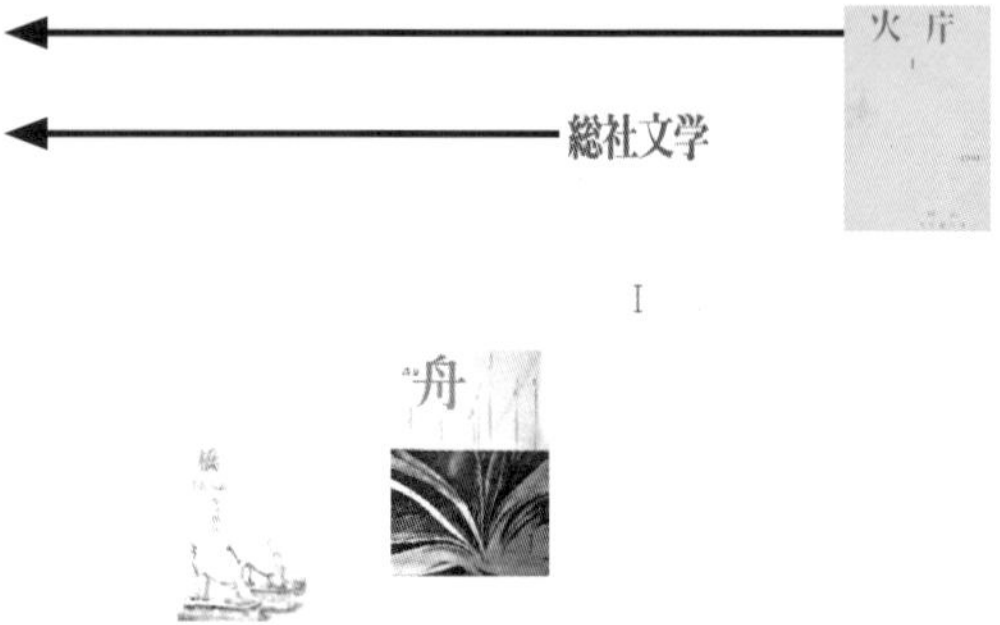

昭和20年代	昭和30年代	昭和40年代	昭和50年代	昭和60年代	平成	令和

なんば・みちこ　同人活動一覧

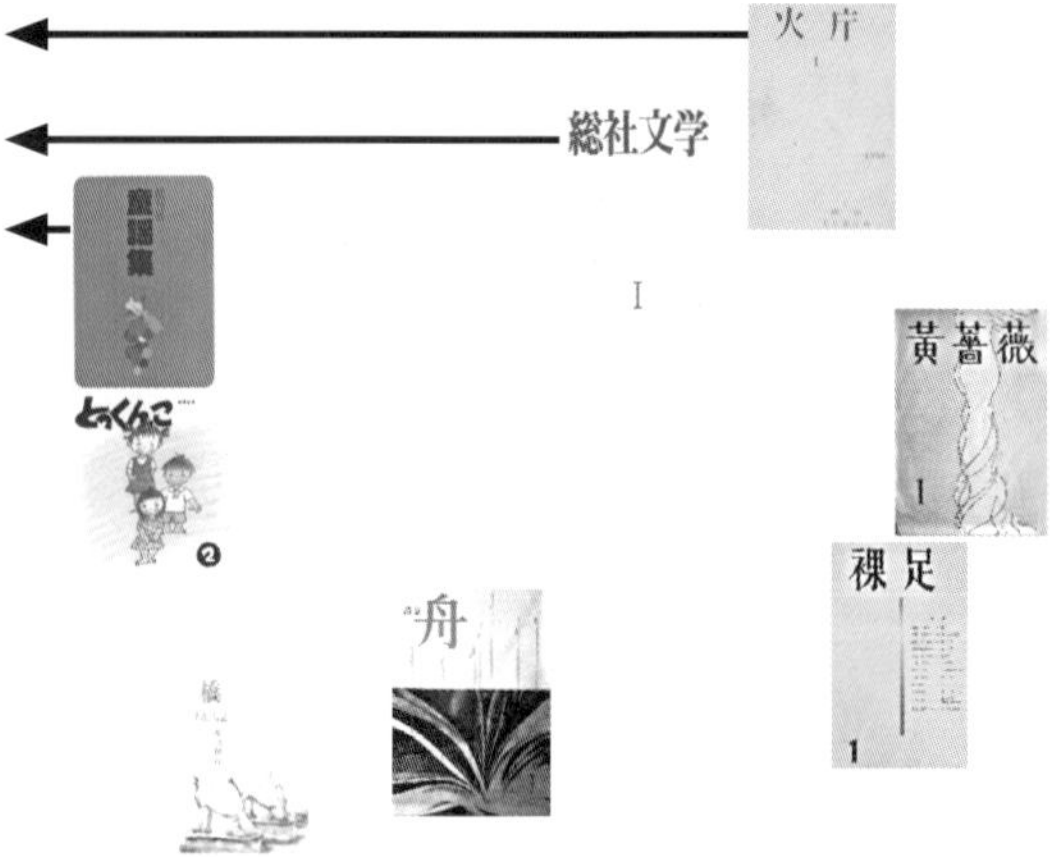

詩誌「火片」昭和26年創刊
三沢浩二、井奥行彦、坪井宗康の3名により創刊。その後、他誌のメンバーと合併するも7号で分裂脱退。井奥行彦のみ残り、続刊。なんば・みちこは36号より参加。

詩誌「総社文学」昭和47年創刊
難波行彦主宰。総社から文学雑誌を発行しようと創刊。のちに「総社市文学選奨」ができるなど、郷土誌としての大きな役割を果たした。

全国詩集「舟」昭和50年創刊
西一知によって提案され、8月に創刊。創刊より、井奥行彦、なんば・みちことも に関わる。創刊～昭和62年退会。

季刊「橋」昭和63年創刊～平成6年終刊
吉田研一主宰、発行。山本遺太郎、坂本明子、岡隆夫、三沢浩二等とともに、井奥、なんばも参加。

詩誌「黄薔薇」昭和27年創刊～
永瀬清子を中心とした、女性による詩誌。永瀬清子（編集人）、坂本明子（発行人）、安井久子、安藤玞美子、板口富美子、まだ学生であった難波道子の6名で創刊。創刊～昭和31年退会。

詩誌「裸足」昭和31年創刊～平成20年終刊
池見澄江、小林美和子、中田喜美らが主になる。のちに坂本明子が編集を行う。三沢浩二、有元利行、井元霧彦、壷坂輝代他により活動を行った。昭和32年～35年退会。

童謡集「とっくんこ」平成13年創刊～
なんば・みちこ主宰。創刊号は「童謡集」、2号から「とっくんこ」と命名。「とっくんこ」とは、地球に同居するすべての生き物の鼓動と、子供のイメージを重ねたもの。
（表紙絵は2号より野村たかあき）

同人誌活動

井奥氏の手によって編集、校正、発行していた同人誌は、現物の大きさや形状を再現し、印刷会社へ注文を出していた。最後までパソコンは使用せず、〝手書き原稿〟にこだわっていた。

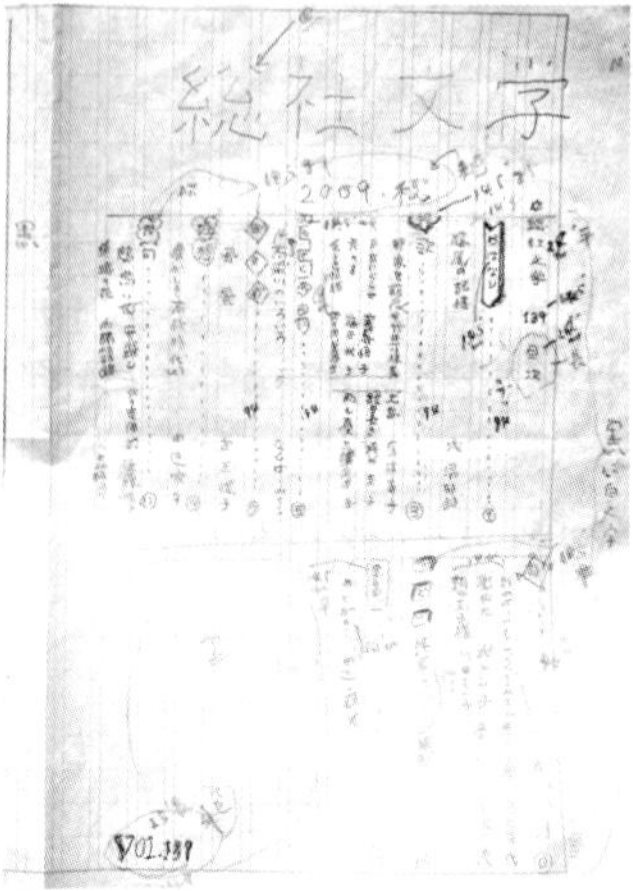

手書き原稿案「総社文学」

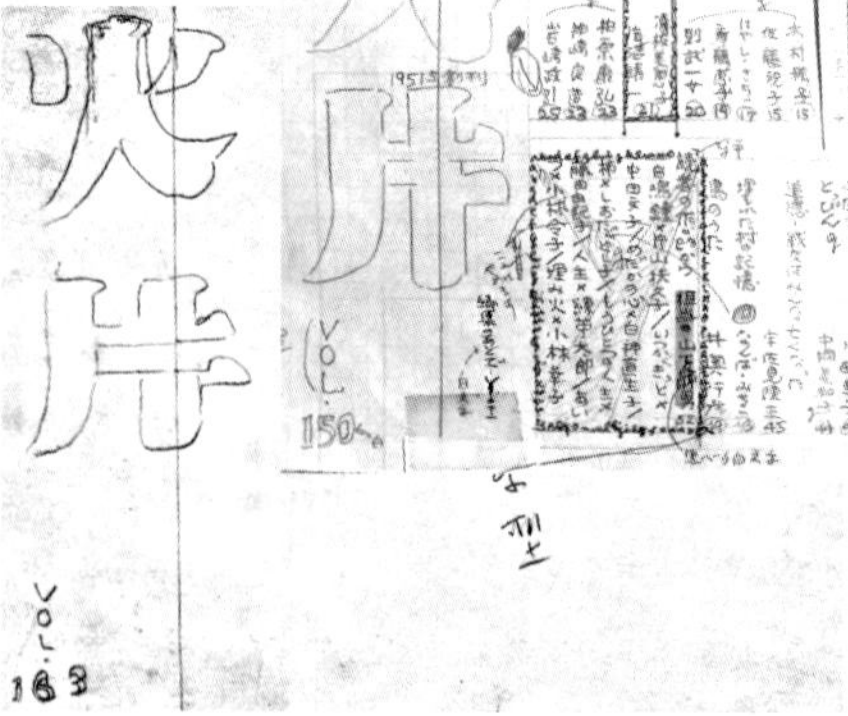

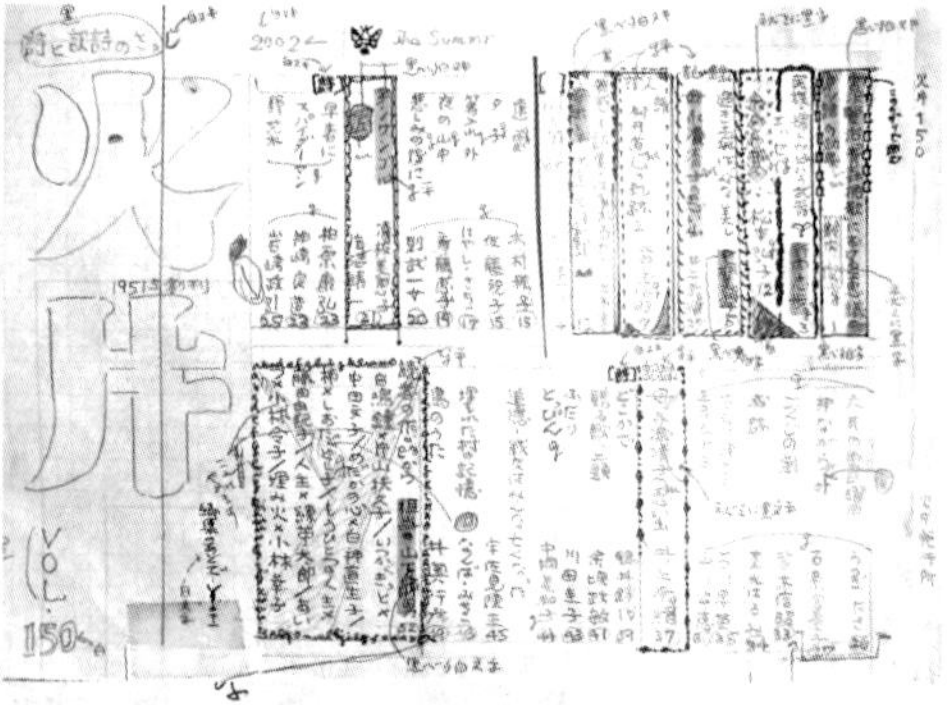

手書き原稿案「火片」

岡山県内の詩人たちと（昭和 30 年頃）

「火片」初期／前列左、井奥

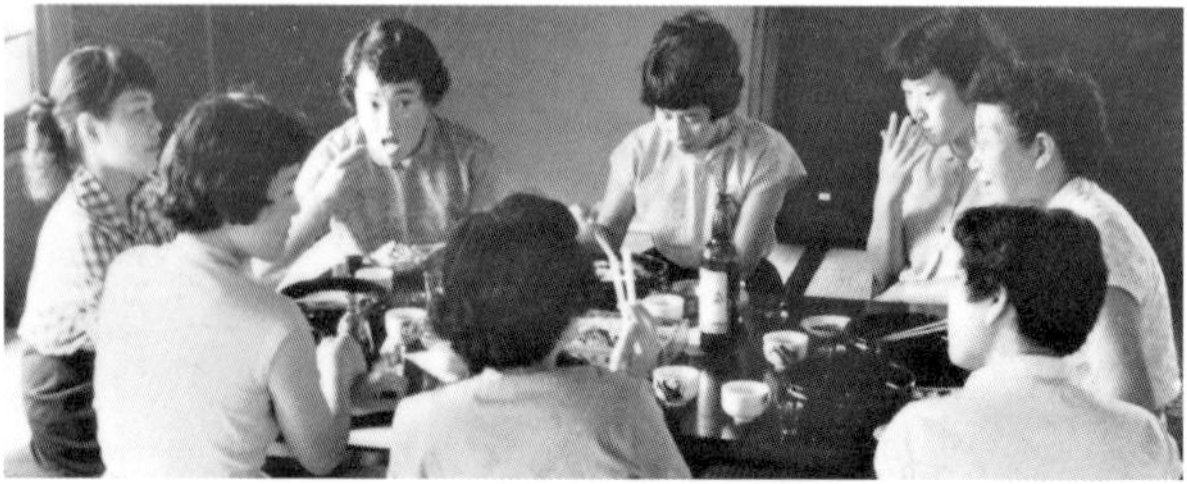

「黄薔薇」時代、初期

「黄薔薇」同人会
左 なんば・みちこ、右から坂本明子、永瀬清子

「裸足」同人会

「火片」同人会　井奥邸にて

「火片」と井奥のむかし

なんば・みちこ

私が大学に入学したのは昭和二十七年四月だったから、「火片」が創刊された翌年のことになる。当時の「火片」は新入女子部員の憧れだった。「火片」は三人の男子学生が出していた。部室で難しい詩論をよくたたかわせていた三人がいつの間にかばらばらになり、「火片」を井奥が一人ですることになったと聞いた。

・・・・・・・・

私が火片の同人に加わったのは結婚後のことで三十六号からだった。当時の井奥は、学校から帰るとよく本を読み、ひたすら詩を書いていた。時には夜中まで。朝二時・三時頃まで書いているので、翌日の勤務が気になって「もう寝たら」と声がけをすることもよくあった。そんな時は「放っといてくれ」とかなり強い口調で怒っていた。何度も何度も書き加えたり書き直したりと推敲を繰り返すので時間がかかった。私がパソコンを使い出してからも、いまだに彼はずっと手書きを続けている。

「手書きで推敲するから作品はよくなるのだ」という信念を今も持ち続けている。

（「火片」一九四号）（抜粋）

「火片」30周年

永瀬清子と

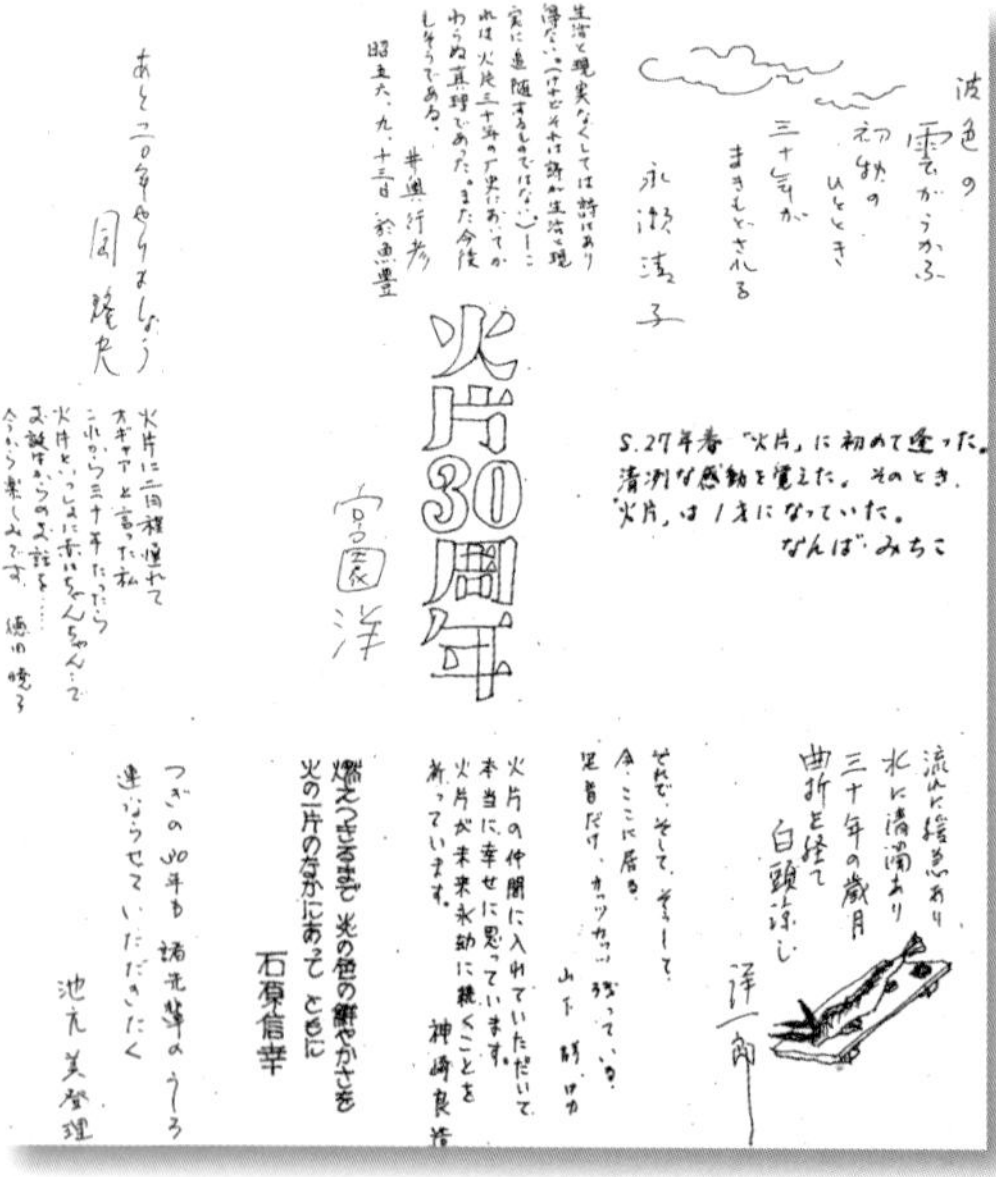

寄せ書き

「火片」50周年

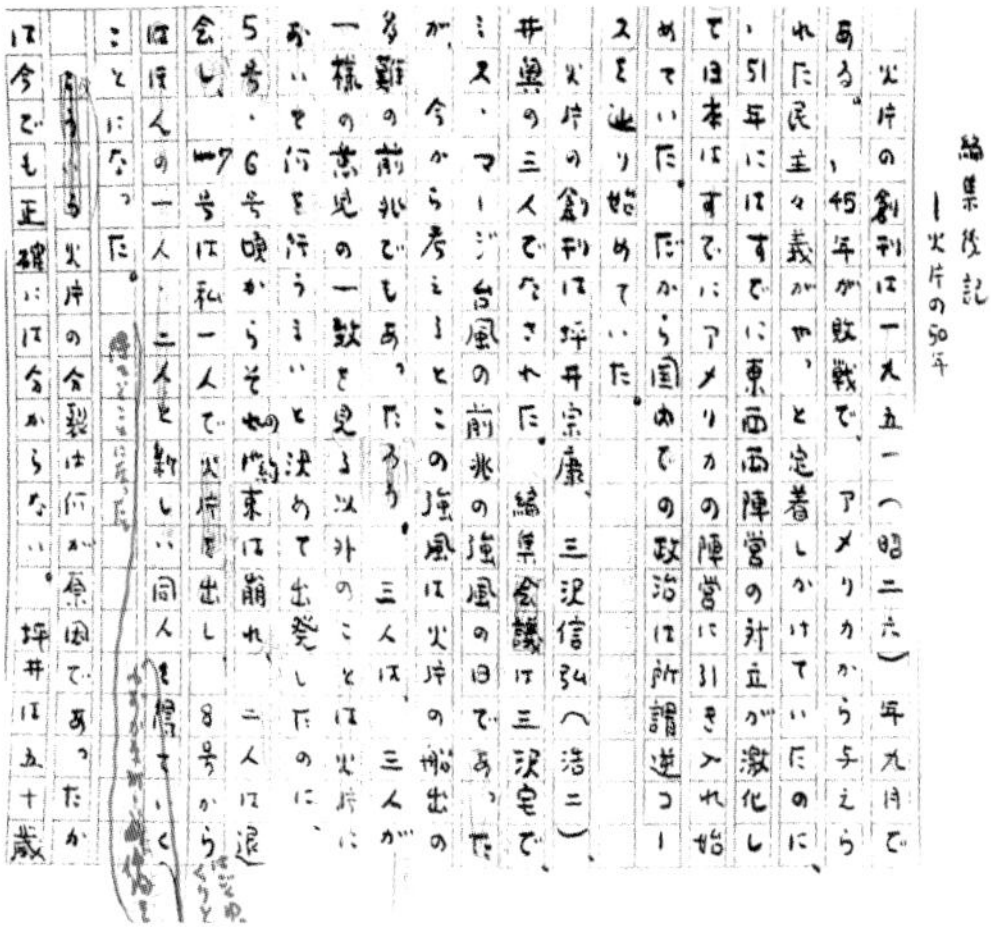
編集後記

―火片の50年

火片の創刊は一九五一(昭二六)年九月である。45年が敗戦で、アメリカから与えられた民主々義がやっと定着しかけていたのに、51年にはすでに東西両陣営の対立が激化して日本はすでにアメリカの陣営に引き入れ始めていた。だから国内での政治は所謂逆コースを辿り始めていた。

火片の創刊は坪井宗康、三沢信弘(浩二)、井奥の三人でなされた。編集会議は三沢宅でミス・マージ台風の前兆の強風の日であったが、今から考えるとこの強風は火片の船出の多難の前兆でもあったろう。三人は、三人が一様の意見の一致を見る以外のことは火片において行を行うまいと決めて出発したのに、5号・6号頃からその約束は崩れ、二人は退会し、7号は私一人で火片を出し8号からはほんの一人、二人と新しい同人を増していくことになった。

火片の分裂は何が原因であったかは今でも正確にはわからない。坪井は五十歳

井奥行彦 原稿「編集後記 火片の50年」(一部)

井奥氏は、「火片」存続秘話を『火片六〇周年記念アンソロジイ』で語っている。

「火片」はなぜながながと六十周年までもということだが、これには多分に私の個人的な性格が関係しているだろう。私は中学校の三年の時に器械体操をしていたが、考えてみると体操は老いるとできなくなると思って止めてしまった。友人達は「なぜ止めた」と言って責めた。その時、私は、詩は絶対止めまいと自分に誓ったのだ。

深夜遅く詩を読んでいると、父は「お前は遅くまで何をしているのか」と言う。「大学に行けないから詩人になるつもりだ」と言うと、父は「そりゃあ大変ぞ」と言ったことがある。父は国語畑の仕事で、いくらも詩人のことは知っていたと思う。(後略)

(「火片」一九四号)(抜粋)

「火片」取材風景
2000 年 5 月

祝「火片」65 周年　2016 年 12 月

「とっくんこ」　なんば・みちこの詩「トックン　トックン」が名前の由来となる。
心臓の音、命の音を表す。

〈「とっくんこ」の歴史〉
２０００年 11月　「童謡を書きませんか」の呼びかけ
２００１年　４月　「童謡集」創刊号発行
２００１年　６月　「童謡集」に「とっくんこ」と命名
２００１年　８月　「とっくんこ」２号発行
～現在に至る

「とっくんこ」２号～
表紙画：野村たかあき

「とっくんこ」の前身
「童謡集」創刊号
発行 なんば・みちこ

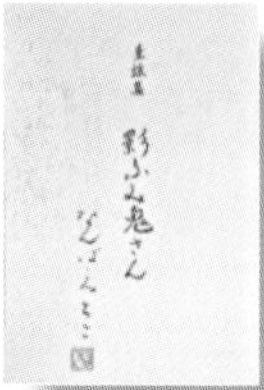

「とっくんこ」の原型
童謡集『影ふみ鬼さん』
なんば・みちこ著
(2000)

野村たかあき　なんば・みちこ

野村たかあき【絵本・紙芝居作家】
1949年、群馬県前橋市生まれ。1964年から木彫り創作をはじめる。1983年、木彫・木版画工房「でくの房」を開く。『ばあちゃんのえんがわ』で第5回講談社絵本新人賞を受賞。『おじいちゃんのまち』（講談社）で第13回絵本にっぽん賞を受賞。（野村たかあき作成）

トックン　トックン

胸にそっと
手をあててごらん
トックン　トックン

走ったあとに
手をあててごらん
ドックン　ドックン

すてきな人に
出会ってごらん
ドッキン　ドキドキ

なんば・みちこ

あっ　ああ　あ
びっくりしたら
ドキドキドキドキ

胸のまん中にじんどって
うれしいときも　かなしいときも
いつもいつも

胸に抱けば　犬も　ねこも
はとも　すずめも
みんな　みんな

わたしら　みんな生きている
大空で　大地で
トックン　トックン

カット絵：野村たかあき

表彰状

成果
「童謡絵本とっくんこ三十号記念」の
発行及び記念事業の開催

童謡「とっくんこ」の会殿

貴団体は頭書の成果により県民の心
に潤いと希望を与え本県芸術文化の
向上と振興に寄与されました今後の
更なる飛躍を期待し第十二回岡山芸術
文化賞功労賞を贈り表彰します

平成二十三年 四月 二十八日

岡山芸術文化賞選考委員会委員長
森崎 岩之助

「とっくんこ」の会
第 12 回岡山芸術文化賞
功労賞
（2011）

「とっくんこ」祝賀会・出版記念会（2014）
左から２人目より、なんば・みちこと野村たかあき

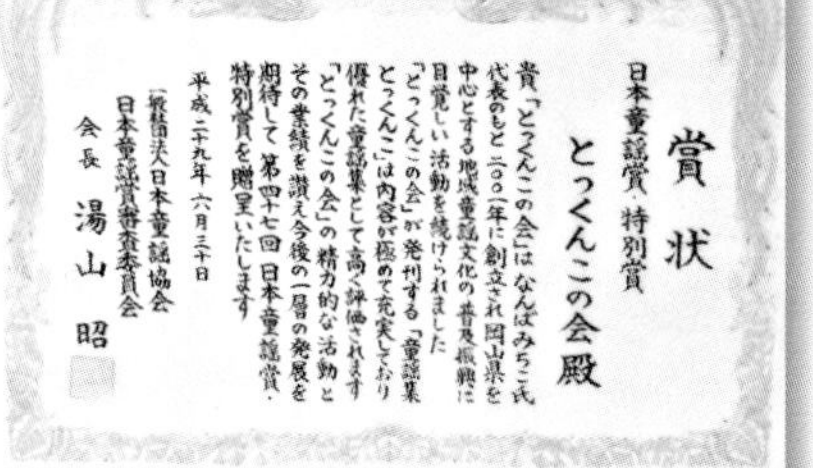

賞状

日本童謡賞・特別賞

とっくんこの会殿

貴「とっくんこの会」はなんばみちこ氏
代表のもと二〇〇一年に創立され岡山県を
中心とする地域童謡文化の普及振興に
目覚しい活動を続けられました
「とっくんこの会」が発刊する「童謡集
とっくんこ」は内容が極めて充実しており
優れた童謡集として高く評価されます
「とっくんこの会」の精力的な活動と
その業績を讃え今後の一層の発展を
期待して第四十七回日本童謡賞・
特別賞を贈呈いたします

平成二十九年 六月三十日

一般社団法人日本童謡協会
日本童謡賞審査委員会
会長 湯山 昭

「とっくんこ」の会
第 47 回日本童謡賞
特別賞
（2017）

◇二人の軌跡〜詩碑〜

伊与部山（総社市下原）

山頂に井奥氏の詩碑、麓になんば氏の詩碑がある。

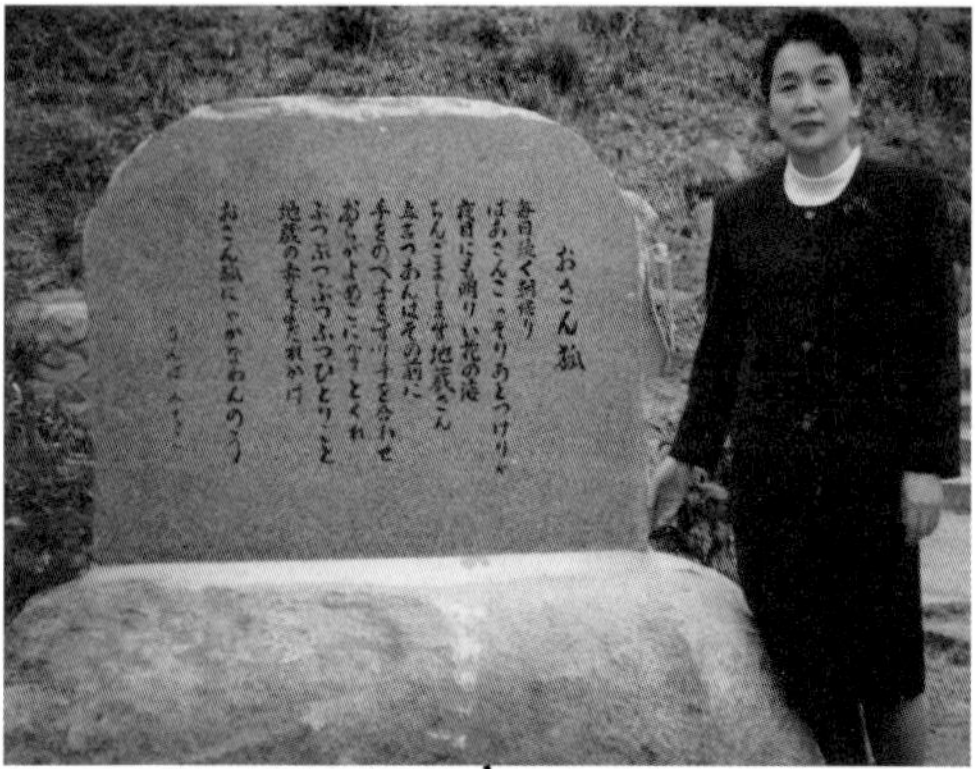

伊与部山の麓

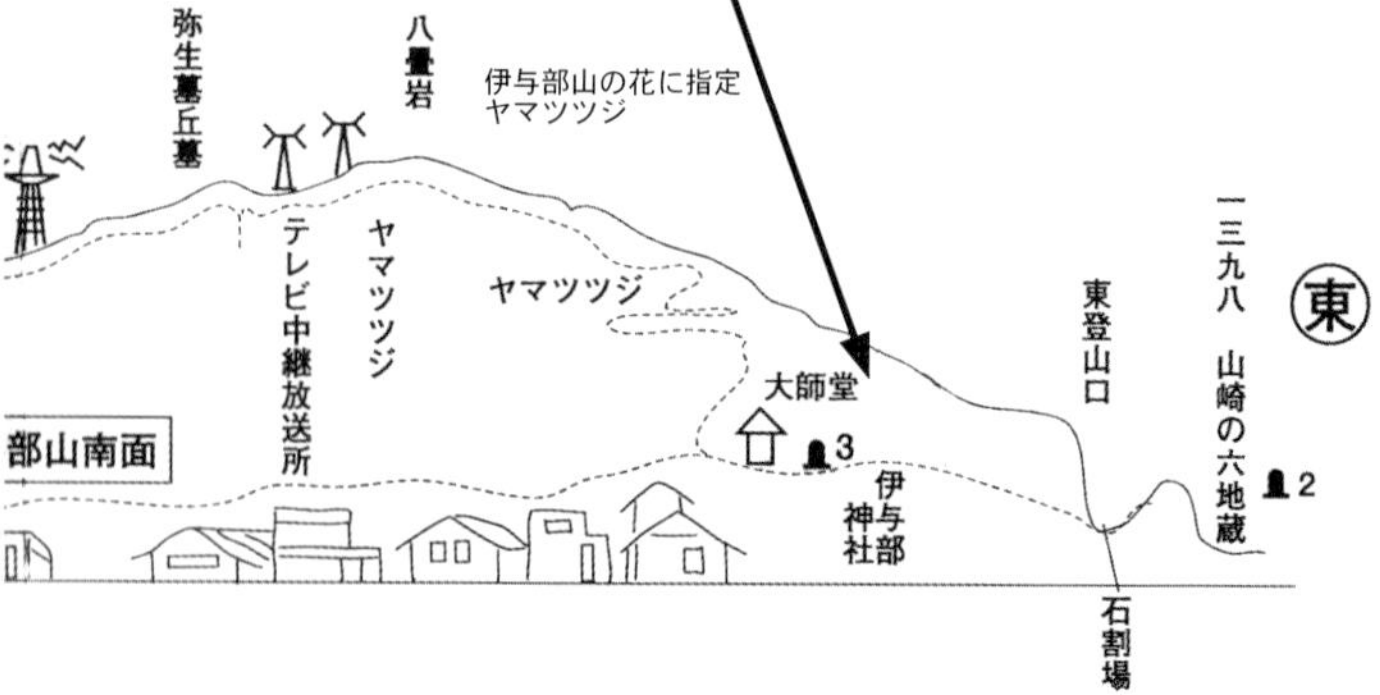

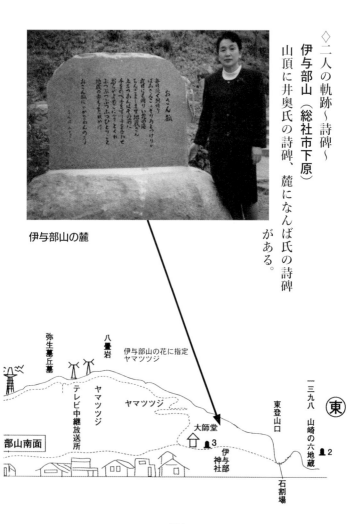

伊与部山の頂

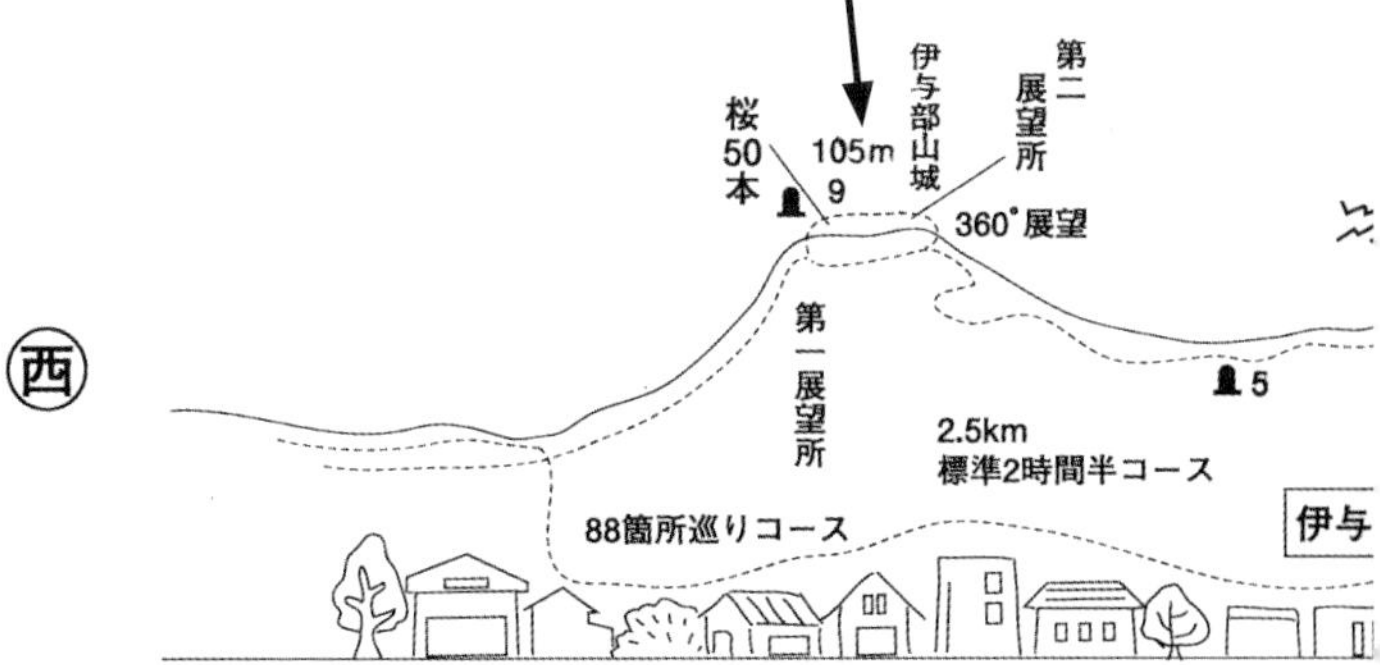

桜50本
105m
9
伊与部山城
第二展望所
360°展望
第一展望所
5
2.5km
標準2時間半コース
88箇所巡りコース
伊与
西

宝福寺（総社市井尻野）

昭和から平成にかけて岡山の詩壇を牽引し、総社市の地域文化振興への貢献を称え、その功績を顕彰するため、2017年建立。

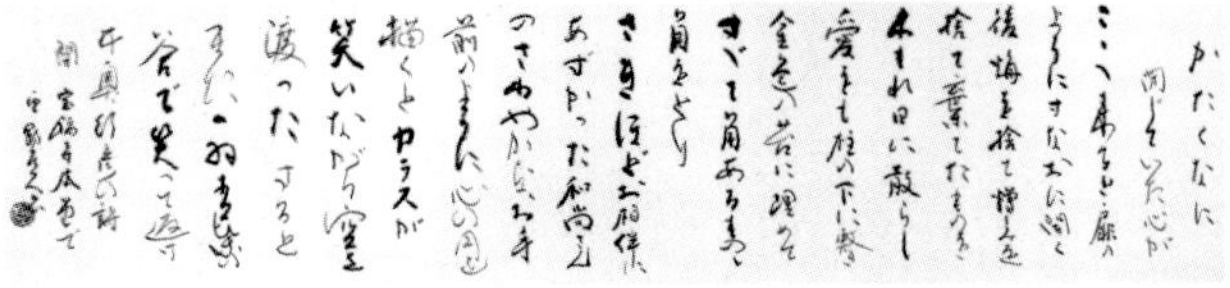

詩　井奥行彦
「開　宝福寺本堂で」
書　高木聖鶴

かたくなに
　閉じていた心が
ここへ来ると扉の
ようにすなおに開く
後悔を捨て憎しみを
捨て棄てたものを
木もれ日に散らし
愛をも柱の下に敷き
金色の苔に埋めて
すべて角あるものの
角をとり
さきほどお相伴に
あずかった和尚さん
のさわやかなお手
前のように心の円を
描くとカラスが
笑いながら空を
渡ったすると
また一羽青葉の
谷で笑って返す

井奥行彦の詩
開　宝福寺本堂で
聖鶴道人書

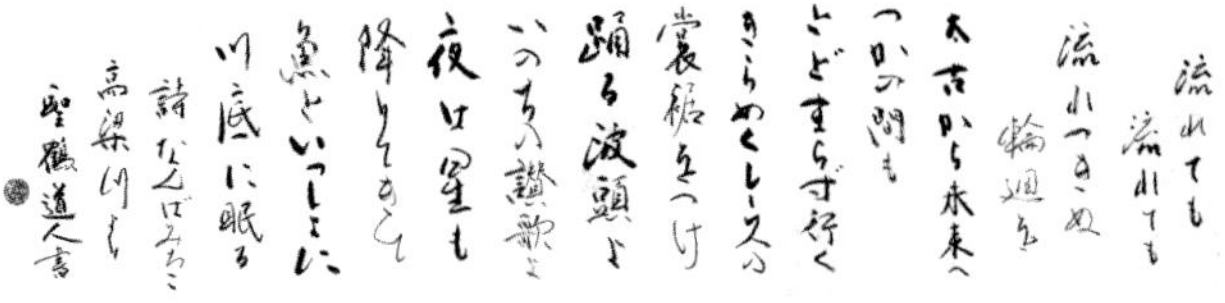

詩　なんば・みちこ
「高梁川より」
書　高木聖鶴

流れても
　流れても
流れつきぬ
　輪廻を
太古から未来へ
つかの間も
とどまらず行く
きらめくレースの
裳裾をつけ
踊る波頭よ
いのちの讃歌よ
夜は星も
降りてきて
魚といっしょに
川底に眠る

詩　なんばみちこ
高梁川より
聖鶴道人書

～なんば・みちこの詩碑～

鬼城山ビジターセンター（総社市黒尾）

1994年、総社市制施行40周年事業の一環として、作曲・初演された総社市の歴史・文化・情景を再現した「交響詩曲　吉備路　第四楽章」に、なんば氏が詩を作詞し、高木聖鶴氏が揮毫した。2003年、鬼城山ビジターセンターの建設に伴って伐採された樹齢100年を超えたヒノキを使用。

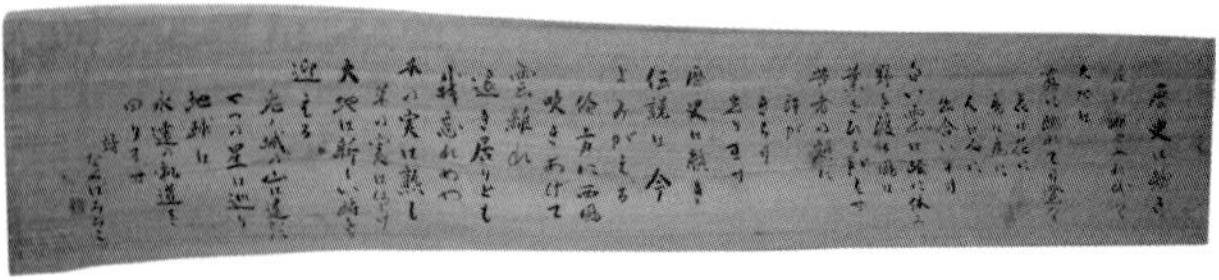

詩　なんば・みちこ／「歴史は続き」／書　高木聖鶴

歴史は續き

夜が朝と入れ代わり
大地は
露に濡れて目覚める
　花は花に
　鳥は鳥に
　人は人に
出合います
白い雲は絵に休み
野を渡る風は
葉をひるがえす
若者の額に
　汗が
　きらり
　光ります
歴史は續き
伝説は今
よみがえる
　倭方に西風
　吹きあげて
雲離れ
退き居りとも
我忘れめや
木の実は熟し
草の実ははじけ
大地は新しい時を
迎える
　鬼ノ城の山は遙かに
　七つの星は巡り
　地球は
　永遠の軌道を
　回ります

詩　なんばみちこ

◇聞き書きノート
「なんば・みちこのルーツ」63の質問

この本を刊行するにあたり、資料だけでは伝えきれないこと、書き尽くせない事象を、どのように紹介しようかと考えあぐねていた。

「何でも聞いてくれていいよ。」

以前、企画展を担当した際、二人にかけていただいた言葉を思い出した。いつもあたたかく見守ってくださる、その寛大な人柄を心の支えとしていた私は、「素」の二人を届けたい、となんば氏に思い付くままに質問することにした。

その数、「63問」。はからずも二人の結婚年数と合致したことに驚いた。偶然とはいえ、二人の強い絆を感じた。なんば氏は、ひとつひとつ丁寧に答えてくださり、その隣で、時々合いの手を入れる井奥氏の声が聞こえてくるようだった。

詩人、教員の第一線を走り続ける一方で、娘として、妻として、母として…、それぞれの時代に、何を考え、どう駆け抜けてきたのか。なんば氏の〝言葉〟を通して、お二人の「人となり」にふれていただきたい。

◇「なんば・みちこのルーツ」63の質問

幼少時代から

問1　どのような少女時代でしたか。

(答)　内気で目立つのが嫌いな子でした。それなのに、母が目立つ服ばかり選び着せられて困りました。戦争とともに、国からの通達で黒い服を着るようにと言われ、ほっとしたのを覚えています。

問2　少女の頃の自分に、現在ご自身が声をかけてあげるならどのような言葉をかけてあげますか。

(答)　表裏のない性格だったら良かったね・・・と。意外と暗い性格だったのよ。父がいるときは元気だったの。父がいなかったから子供心に寂しかったのかな。

問3　生涯心に強く残っているお父様を一言で表現するとどのような方でしたか。

（答）真面目で、優しい父。・・・・・大好きな父でした。

問4　お母様はどのような方でしょうか。

（答）母は37歳で夫を亡くして、より責任感が強くなりましたね。人の世話をするのが好きだったので、父が亡くなってから近辺の地域にとどまらず、全国遺族会で活動し、式典で読み上げを行うなど、とても行動的な人でしたね。

問5　お父様が出征した戦争に対して、複雑な想いがあったと思いますか。

（答）当時は国全体がそういう状況だったので、国が決めた戦争というものには仕方ないという思いでした。学校では先生が「ルーズベルトを―」とか「チャーチルを―」、「―やっつけろ」といった教えでした。行進練習などさせられていましたね。

問6　お父様が戦争へ行った後、女系家族の生活はどのようなものでしたか。

（答）三反半の田んぼを母が一人で鍬で耕し、稲と麦を作り、畑仕事もしていました。毎日忙しい中、往復一時間もかかるような所へお参りに行って父の無事を祈っていました。井奥と私が結婚するまで、母と井奥は仲が良かったのですが、結婚後は同居もあってなかなかうまくいかなかったかな。井奥が胃潰瘍になり、倉敷へ異動と同時にアパートを借りました。

問7　大好きなお父様の死をどのように受け入れましたか。

(答)　父が亡くなってから、取りすがって泣いたり涙にくれたりといったことはなかったのよ。悲しみが大きすぎたから。受け入れられないという想いだったと思います。父のことを本当に好きだったから、亡くなった後、父の着物を数枚衣紋掛けにかけて、時々父の匂いを嗅いでいました。父はタバコが好きだったので、タバコの匂いが懐かしくも悲しくもありました。

問8　「詩人」になったことは幼少からの環境と影響はありますか。

(答)　一人っ子で、きょうだいがいないので、川へいくのも山へ行くのも禁止されていました。都会から疎開して来た人が本をいっぱい持っていた影響もあり、読書が好きになりましたね。借りて帰りたいと言っても、「あなたのお母さんに貸さないようにといわれている」と言われて、そのおばちゃんの家でどっぷり読書してました。父は第一次大戦(日中事変)は無事に帰ったのですが、第二次大戦ではシベリアで抑留されてしまったので、詩を書き始めたのはその頃からです。

問9　幼少時の高梁から総社への引っ越しはその後のご自身に影響はありますか。

(答)　今思えば幼少時に見た「川」の思い出は記憶に強く残っています。特に「高梁川」への想いは強いです。2歳のとき、両親を少し待つ間に見た暗闇に浮かぶ川の怖さ、取り残された寂しさ。あのときの高梁川を思い出します。その後の詩作のテーマへの影響も多々あります。

問10　好きな詩人は。

(答)　ゲーテや北原白秋が好きでした。今でも好きで読むのはリルケ。詩はとても難しいけれど昔から好きで読んでいました。ただ意味を理解できていたかどうかはわからない。今読んでみて、こういう意味だったのかなあって思います。

問11　影響を受けた作家はいますか。

(答)　短編小説が好きだったから、ルパンや少年探偵団、江戸川乱歩の作品はよく読んだものです。母が裁縫や編みものが得意で毛糸のパンツを編んでくれたり、毛糸玉（ボンテン）をつけてくれたり、目立っていたせいか上級生にいじめられたり、友達が少なかったから本を読むしかなかったの。想像力をかき立てられたのでしょうね。

問12　詩人になりたいと思った13歳のときの気持ちは。

(答)　父の死に際して、母から「父が、みちこが文学者になることを反対していた」と聞きましたが、もう創作ノートを永瀬さんに送った後でした。本気で詩人になりたいと思っていたのです。

問13　15歳で文芸誌「風車」に参加されましたが、その意気込みは。

(答)　これは総社高校2年生のとき、文芸部の先生に手伝ってほしいといわれた文芸誌で、お手伝いをする感じでした。鉄ガリ版の上にロウがひいてある紙に印字するようなことをしていました。

永瀬清子との出会い

問14　永瀬清子さんに詩集を送ったときの心境はいかがでしたか。

（答）自分の詩を、憧れの永瀬さんに評価をしてもらえることがとにかくうれしかったです。

問15　創作ノート「紫水晶」は「詩人 なんば・みちこ」の原点だと思いますが、そのノートに込めた想いとは。

（答）小学6年生のとき、女学校の試験を受けて、総社高校併設の中学校に行きました。敗戦と父の看病や死の悲しみで、中学生の私は悶々とした日々を過ごしていました。と同時に、母も悲しみが大きく、私が愚痴を聞いていましたので、幼い自分は心がどうにかなりそうでした。どこにぶつけることもできず、自分の悲しみや不安をノートに書きなぐっていました。ときにはヘルマン・ヘッセや北原白秋、西条八十らの詩を書き写したりしていました。

問16　「詩作」に「ロダン作・洗礼者ヨハネ」が掲載されましたね。

（答）この詩だけを送ったわけではなく、「紫水晶」というタイトルのノートを4冊送りました。その中から永瀬さんが選んで掲載してくださったのだと思います。これは私の誕生石（2月誕生石・アメジスト）から付けたタイトルです。そのノートは高校生になってもずっと書き続けていました。最初の頃に書いた中から送った作品です。

問17　その掲載作品にはどのような想いがありましたか。

（答）実はノート4冊のほとんどの詩の内容が感情的なものばかりでした。父や母への気持ちを思いのままに表現していました。いろいろあった頃なのであふれる感情を書きなぐっていたのです。その中から永瀬さんは感情的ではないあの詩、一編を選ばれました。そのとき、感情的な詩はダメなのだと悟りました。

問18　同人誌「黄薔薇」加入の経緯はどのようなものでしょうか。

(答)　永瀬さんに送った詩が「詩作」に掲載され、感情的になぐり書きの詩を書いてはいけないと反省してから数年。大学生になった頃、永瀬さんから「黄薔薇」創刊に合わせて同人になってくださいと声をかけていただきました。うれしくもあり、突然のことに驚きもありました。女性だけで構成するとのことだったので、永瀬さん他、私の6人で始まりました。

問19　憧れの詩人である永瀬清子さんと同じ「黄薔薇」に所属する気持ちは。

(答)　永瀬さんに対する憧れが強くありましたから、その永瀬さんが岡山に、それも身近にいらっしゃるだけで信じられない喜びでした。

問20　永瀬清子さんのお人柄は。

(答)　母と同じくらいの年齢の方でもあり、一緒に活動できることはとてもありがたいことでした。永瀬さんは温かく接していただき、最後まで優しい人でした。同人をやめたときもいろいろと察してくださったと思います。その後も、著書にあとがきや解説を書いていただきました。

問21　師・永瀬清子さんとのエピソードで思い出すことはありますか。

(答)　井奥が車を持つようになり、永瀬さんを車で送り迎えしたこともありました。おしゃれな方だったので帽子を間違えたといって、わざわざ家に取りに戻り、車で待っていたこともあります。「このポストに原稿を投函するのよ。」と最寄りのポストを教えてもらった事など、何気ない日常での様々な出来事を今も覚えています。

問22　「黄薔薇」を退会された理由は。

（答）　長女が生まれた頃でした。永瀬さんと坂本明子さんの気持ちの不一致から坂本さんが辞められました。私も残りたかったのですが、お二人との関係もそのままにしたい思いから、私も退会し、坂本さん主宰の「裸足」にいきました。詩人になることを応援してくださった永瀬さん、結婚の際にお世話になった坂本さん、お二人への気持ちが強く、苦渋の決断ではありました。

問23　師・永瀬清子さんとの最後の思い出は。

（答）　病院に入院されていたときも二度ほどお見舞いに行きました。永瀬さんが亡くなられたときは、連絡をもらい、すぐに新川和江さん、磯村英樹さん、秋谷豊さんの3人に知らせて駆けつけました。

問24 「裸足」の坂本明子さんの印象は。

(答) 詩集を何冊も出版されてすばらしい詩を書かれているなといつも思っていました。井奥をはじめ三沢浩二さん、坪井宗康さん他、詩人の仲間たちは、坂本さんのお宅によく集まっていました。

問25 「裸足」入会後は。

(答) 「黄薔薇」脱会後、「裸足」に入ったのですが、子育てや仕事で多忙な中での同人活動で、井奥との関係がうまくいかなくなったことも。一時改名しました。

問26　短期間使用していたペンネーム「難波希代子」に込めた想いは。

（答）「裸足」と多忙な生活で気持ちの調整がうまくできなくて、知り合いの占い師に名前をみていただいて一時変えたのですが、やはりぴんと来ず・・・ほとんど使用しませんでした。それほど悩んでいた時期でしたね。

問27　その後「火片」へ入会されましたね。

（答）「火片」は私が大学入学前から発行されていて、当初三沢浩二さんと坪井宗康さん、井奥の3人でしたが6号から井奥一人になりました。私も「黄薔薇」と「裸足」のことで、思い悩んだり、井奥に悩みを言ったりしていた時期でした。そんなとき井奥が「火片」にでも入ったら、と軽く言ってくれたこともあり、入ることにしました。

問28　同人誌「総社文学」成り立ちの経緯は。

（答）　母から、玉野市は文学者たちで「玉野文学」という地域同人誌を作っている、という話を聞き、ヒントを得て、私の知り合いばかりを集めて創刊までの段取りをしました。井奥を発行人とし、私はそのお手伝いができればと思っていました。

問29　全国詩誌「舟」参加の経緯は。

（答）　主宰の西一知さんに誘われたのがきっかけで、井奥と一緒に入りました。西さんの東京のご自宅に井奥とお邪魔したこともあります。「舟」や「火片」や私の詩が掲載されていた詩集などが几帳面にずらっと並べられていました。その後岡山でお会いする事も何度かありました。

問30 「舟」を退会された理由は。

（答）発行人の西一知さんには詩のセンスを感じ、詩誌に執筆していたのですが、残念ながら逝去され、井奥も私も退会することになりました。

問31 詩集「橋」参加の経緯は。

（答）これは詩誌ではなく季刊詩集です。昭和63年に始まり、平成6年の8号で終わりましたが、吉田研一さん発行のもと、山本遺太郎さん、永瀬清子さん、坂本明子さん他で構成されていました。井奥となんばにも声がかかり入会しました。

問32　童謡詩集「とっくんこ」を作る経緯と、野村たかあきさんが2号から表紙画を担当されている経緯は。

（答）「火片」の中で、何人か童謡詩を書いている人がいたのですが、「火片」は童謡は載せていませんでした。童謡を書いている数名の同人の方から「童謡詩誌」を発行してくれないかと言われて、じゃあ手作りでもいいからしてみようかと、1号は私が発行人として作成しました。皆さんにも喜ばれて、19人も入りました。私のところに作品を送ってもらって、私が編集や印刷をしました。1号は私の作った表紙です。そして「とっくんこ」2号から表紙画は野村たかあきさんに。同人の中に野村さんの知り合いがいました。野村さんは本を出したり、賞を取られたりして有名な方。頼んでみようかと私から依頼しました。快く受けてくださり、それ以降2号から無償で、表紙画を描いていただいています。途中から野村さんにも詩を掲載していただくようになりました。

問33　「とっくんこ」、このかわいい名前の由来は。

(答)　初めは「とっくん」だけにしていました。心臓の音です。野村たかあきさんが総社に来てくださったときに『とっくん』はなにか物足りないなあ」と言われました。「とっくん」「とっこ」「とっくんこ」いろいろ出ましたが、響きが温かい「とっくんこ」になりました。

教員との両立

問34　教員をめざした理由は。

(答)　高校生のとき教員になろうと決めました。先生に相談したら「岡大に行きなさい」と言われました。貧しい戦後のことですから、現金収入があるものがいいという母のアドバイスもあり、大学入学後、家政科の単位をとりました。

問35　憧れの教員になっていかがでしたか。

（答）　最初の学校は真備町の箭田小学校でした。実は総社の小学校に内定しかけていたのですが、直前になって「結核の兆候がみられるので取り止めになる」という連絡がありました。母はすぐに私を連れて病院に行き、レントゲンの検査を受けさせ、医師から「肋膜炎の跡はあるけれど、結核ではない」との診断証明書を書いてもらい、教育委員会に直談判に行きました。あきらめかけていた私と対照的に、行動的な母のおかげで、真備の小学校に行くことができました。母は私を教員として働かせてやりたいという強い想いがあったのでしょうね。

問36　教員という仕事への想いは。

（答）　小学校教諭の免状と中学校家政科の教諭免状をとれたので、小学校での教員生活が始まりましたが、国語教員への想いが強くあったので、通信教育で国語の免許状をとりました。そして、中学校の国語教員として勤務し始めました。好きな国語を教えることができ、自分自身楽しかった。生徒指導が大変だったこともいい思い出です。

問37　教員生活はいかがでしたか。

(答)　中学校の受験戦争はすごかったです。テストで一点でも多くとらせることに必死になっている毎日でした。他の教科の先生同士との競争もありました。50歳で養護学校に赴任したとき、「私はなぜあんなに必死になっていたのか」という思いにかられました。その子の持っているいいものを伸ばせばよいということがわかったからです。帰宅途中に詩を書いたり、家に帰ってから詩と向き合ったり、と少し余裕ができました。そんなとき『とんと立つ』を出版しました。養護学校への赴任で人生観が大きく変わりました。

問38　詩人活動と教員の両立はどのようにされていましたか。

（答）教員のときは詩人であることを隠していました。生徒の受験や保護者との連絡など、学校生活の大変さをひしひしと感じていましたし、学校にも迷惑をかけないように、という思いからです。実際、教員になったら多忙を極めて詩作活動はなかなかできなかったのですが。でも旺文社主催の賞を受賞したときに周囲に知られてしまいました。

問39　教員と詩人活動の両立を続けた理由は。

（答）両立は多忙を極め、つらいこともありましたが、「仕事を続けたい」というエネルギーと、「詩を書きたい」というエネルギーが同じくらいありました。

問40　お互い「教員」と「詩人」、どんなご夫婦ですか。

（答）詩については、お互い相手の作品に意見を言わないよう、いつのまにかそうなっていました。「火片」の会でも二人とも干渉しないし、終われば詩については何も話をしませんでした。以前、私が教員を辞めたいといったとき、井奥が「君がやめるなら私が辞める」と言ったことは印象的です。

問41　最初の詩集『石けりのうた』出版の経緯は。

（答）井奥が何冊か詩集の出版をしていたので、私も出版したいと思っていました。当時井奥に解説を書いてもらったのですが、結構厳しい評価で。のちに丸山薫賞受賞時、井奥からこの解説について詫びられました。

問42　一度見たらインパクトがあるペンネーム「なんば・みちこ」の由来は。

（答）『石けりのうた』を出版するときに考えました。日頃「難波」という苗字が書きにくいと思っていたので平仮名で「なんば」とした方がいいかな、と咄嗟に思い付きました。その流れでそのまま続けることになってしまいました。

問43　「なんば・みちこ」の苗字と名前の間に「・」をつけた理由は。

（答）当時平仮名に「・（中黒）」のついた有名人がいて、苗字と名前の間に「・」をつけたらわかりやすいかなと思って付けました。「裸足」に変わる頃まで漢字を使用していたので、同人誌「裸足」では漢字でした。

問44　ヨーロッパへの視察で視点が変わったことは。

（答）　40代の頃、教員幹部の中央研修があり、学年主任をしていたことから1カ月東京に行くよう学校から言われました。息子がまだ小さく、病気をしたので断ったのですが、翌年また推薦され母に相談したら「行っておいで」と言われ、東京に1カ月滞在しました。学校法規や教員レポートなど忙しい毎日でしたが、毎晩家に電話していました。井奥は協力的に子どもの面倒を見てくれました。無事終わったのですが、それが海外研修に結び付く研修だったと知らず、学校からまた推薦されて断ったものの説得されて、今度は1カ月海外へ行きました。パスポートも持っていなかったし、不安がいっぱいでしたが、実際飛行機に乗って見ると、空の上を飛び、雲の中を飛び地上を見下ろし、その素敵な光景に感激しました。ギリシャ、ルーマニア、イタリア、フランス、スイスの5カ国の学校視察でした。視野の広がる体験で、地球が宇宙の中に浮かんでいることを実感しました。休みに一人でドイツ旅行もしました。おかげで、作風は、外国風、物語風になり、大きな影響を受けたと思います。家族とのエアメールをやり取りしましたが、それは今でも大切に保存しています。

問45　井奥さんのプロポーズの言葉は。

（答）わが家は女系家族なので、養子に来てくれる人でないとだめという意識がずっとありました。学生時代に井奥と付き合い始め、坂本明子さんのお宅に一緒にお邪魔したり、一緒に学内を歩いたり・・・一緒に歩くといっても、私は一歩下がって歩いていましたね。勿論手も繋いでないですよ。随分時間が経ってから、「結婚するかなあ」と言われたかな。

問46　井奥さんとの恋文が大切に保存されてますよね。

（答）昔は長い間会えない時などに手紙を送り合っていました。それを私も井奥も大切に取っていました。

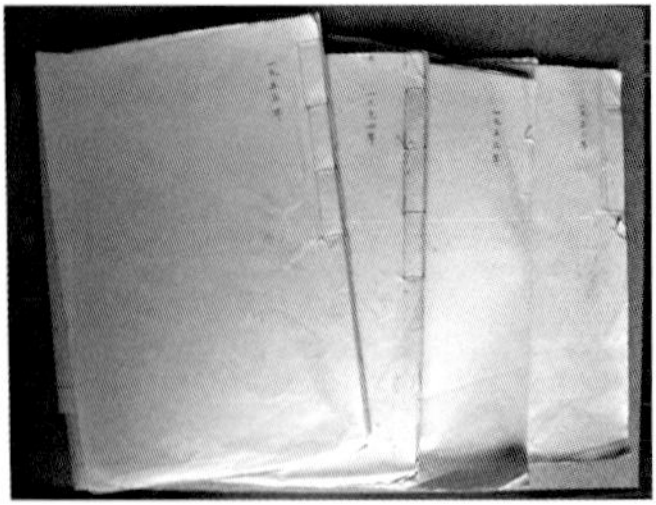

問47　家庭での役割分担などありますか。

（答）　家事は二人で分担していました。二人とも忙しいし、私の帰りが遅い時は、井奥がおでんをよく作ってくれていました。切って煮るだけだから簡単といえば簡単だけど有難かった。とても協力的でしたよ。

問48　井奥さんが好まれたなんば先生の手料理は何ですか。

（答）　肉や野菜などバランスを考えて、何でも作ります。何でも食べてくれました。文句はありませんでしたよ。

問49　子育てはいかがでしたか。

（答）　医師にしたいとか漠然とした夢はありましたが。夫婦とも忙しかったから、あまり子どもには勉強も構ってあげられなかったな。そのおかげか、のびのび育っていました。

問50　家族旅行や行事の思い出はありますか。

（答）　子供にはかわいそうだったけど、ほとんど行けなかったの。蒜山へ3泊、小豆島へ2泊行ったくらいかな。本当に忙しかったのよ。

問51　ご夫妻のご趣味は。

（答）　井奥はクラシックが好きで、大阪まで音楽を聴きに行くこともありました。

だから、LPレコードがいっぱいあります。りっぱなステレオがあったので、よく聴いていました。私は退職してから時間が出来て、恩師から絵の教室に誘われ、数年自然や風景を中心に描いていました。そのときの絵はまだ残っていますよ。「翠玉」という号をいただきました。

問52　井奥さんは整理好きとお伺いしましたが。

(答)　整理好きは良いことなのでしょうが、すぐ処分するものだから、私が大切にしているものを収納していた箱を、井奥が燃やしてしまったことがあったのが一番悲しかったわ。その中には息子の卒論や子供の頃の絵や書道の作品があったから。息子は書道を高木聖鶴さんに習っていたので結構上手だったように思います。私の国民学校のものや研究資料と一緒に、その箱の中に投げ入れていたものですから、井奥が捨てるものと思ったのも仕方ないのですが。それはさすがに怒りました。

問53　夫婦の詩人活動はどのようなものでしたか。

（答）　井奥はいつも厳しい評をしていました。新しく入ってきた同人の方はびくびくしてしまう感じで。私が家で、「ある程度誉めないとダメよ」と言っても、やっぱり次の会でも厳しかったです。私は養護学校の勤務経験から、小さなことでもよいところを探す、誉めて伸ばす、ということを学び、教師感が変わったといってもいいのではないので、その精神で同人にも接していました。井奥は厳しく、私はフォローに回って、といったコンビでしたね。

問54　ご家庭での井奥さんはどうでしたか。

（答）　井奥は同人の会だけでなく、家でも厳しかったですね。それでも私は詩人として尊敬していました。井奥の叙

情性に共感していましたから。

問55　ご家庭での井奥さんをどのように呼んでいましたか。

(答)　井奥のことを「お父さん」と呼んでいたのですが、亡くなる2年ほど前、「血も繋がっていないのに、お父さんお父さん言うてくれるな」と言われたの。井奥の部屋には私の父の写真が飾ってあったので、私が父のことをとても好きだったことを感じていたのでしょうね。妬いていたのかな。

現在

問56　故郷総社への想いは。

（答）大好きなふるさと。ずっと総社にいたかったので離れるつもりはありませんでした。高齢になり、井奥がいなくなってから、娘に言われて娘の近くに住むことになりました。今の環境も快適なので嫌いではないけれども、やはり故郷は特別ですね。

問57　校歌を多々作詞されていますが、心がけていることはありますか。

（答）岡山市立蛍明小学校や倉敷まきび支援学校の作品が、最後に作ったものです。依頼されたら、現地に行って、見て、作成します。幼稚園ならその幼稚園を見た感じ。小学校なら校訓やその周りの自然を見てから。しかも歌にするときはリズムを大切にします。総社幼稚園は初めて作ったものだから、気に入ってます。

問58　数々の賞を受賞されていますが、特に思い入れがあるものはありますか。

（答）全国的な賞でいえば丸山薫賞ですね。３００冊ほどの本の中から、伊藤桂一氏、新川和江氏、秋谷豊氏、菊田守氏といった審査員の方々に選出していただいたことがとてもうれしかったです。井奥も日本詩人クラブ賞をとったり、「詩と思想」新人賞のような全国的な賞をとったりしていました。三木記念賞もうれしかったですね。長年の功績から瑞宝双光章をいただいたのも県内の女性では珍しかったので光栄でした。

問59　現在の交友関係はどのようなものですか。

(答)　学生時代は女学校でしたが、今でも皆元気で、特に仲の良かった5人程の友人とは定期的に電話で話しますよ。教え子たちは県内にたくさんいますから、ありがたいことにいろいろと声をかけてくれます。おかげさまで毎日いろんな方との連絡は絶えませんね。

問60　詩を書く方へのアドバイスをお願いします。

(答)　五感（視覚、聴覚、嗅覚、味覚、触覚）と、第六感（想像力）が大切だと思います。受動的に思えますが、実は自分の努力も必要です。たとえば、コップがあったとして、上から見て、単にコップが丸いとかではない。影もそう。よく見ることが大切ですね。

問61　文学好き、そして文学を志す若者たちに向けてメッセージをお願いします。

（答）五感を磨くこと。そのうえで、第六感を磨くこと。第六感というのは広く考えれば想像力でもあるし、いつも自分が抱いているものを磨くこと。想像力は必要。現実も大事。見たり、聞いたり、匂いを嗅いだり、味わったり。

問62　座右の銘を教えてください。

（答）「継続は力なり」「人間万事塞翁が馬」

問63　人生の大先輩にお聞きします。「生きる」とは。

（答）自分のできることをなるべくたくさんすること。そして・・・あとは天運に任せること。

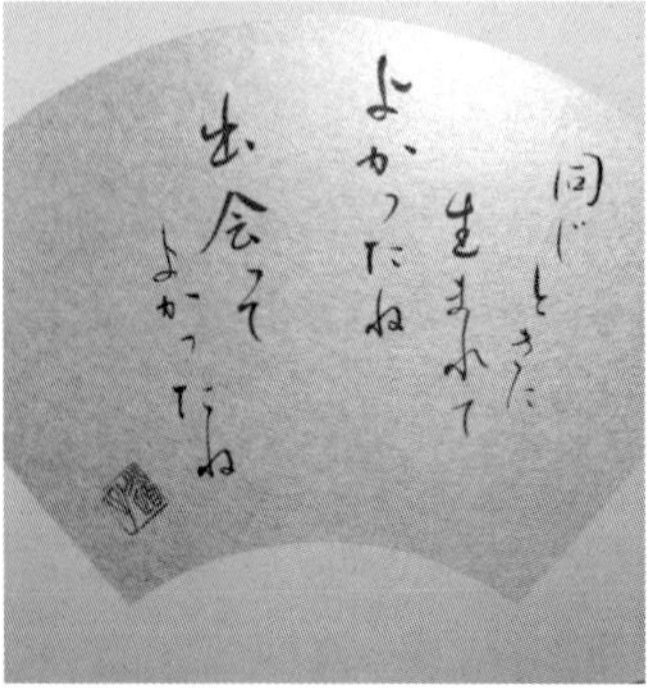
同じとき
生まれて
よかったね
出会って
よかったね

なんば・みちこ 書

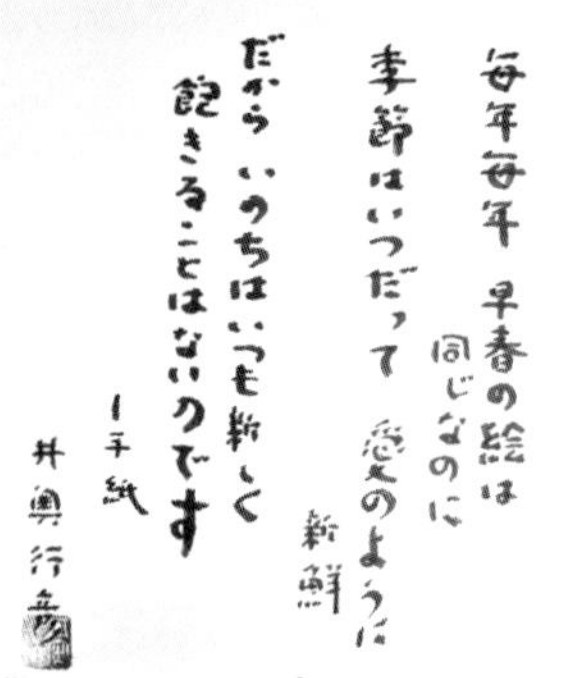
毎年毎年 早春の絵は
同じなのに
季節はいつだって 愛のように
新鮮
だから いのちはいつも新しく
飽きることはないのです
一手紙
井奥行彦

井奥行彦 書

参考文献

◇『岡山の現代詩』（岡山文庫46）坂本明子著（日本文教出版／1972年）

◇「火片」（火片発行所）
八十号（1977年）、一〇七号（1987年）、一一〇号（1988年）、一一六号（1991年）、一五五号（2004年）、一五六号（2004年）、一五七号（2005年）、一五九号（2005年）、一六〇号（2005年）、一九四号（2016年）

◇「詩と思想」（土曜美術社出版販売）二四七号（詩的自叙伝1／2006年）、二四九号（詩的自叙伝2／2007年）、二五〇号（詩的自叙伝3／2007年）

◇「高梁川」（高梁川流域連盟）七十七号（2019年）、七十八号（2020年）、七十九号（2021年）

◇「伊与部山・第8号」「伊与部山・第15号」（伊与部山史跡整備委員会／2000年、2003年）

◇『静かな日々 詩とともにありて 詩人 井奥行彦追悼』（詩誌「火片」編集部／2019年）

◇『道すがらの記』なんば・みちこ著（火片発行所／2020年）

◇「資料集 ―永瀬清子の詩の世界 第八集」（編集・発行 赤磐市教育委員会熊山分室／2021年）

◇『詩人 井奥行彦 なんば・みちこ夫妻ものがたり』重光はるみ著（火片発行所／2021年）

◇「永瀬清子展示室」赤磐市ホームページ、https://www.city.akaiwa.lg.jp/annai/kyouikuiinkai/kumayama/tenjisitu/index.html

◇「NPO法人 永瀬清子生家保存会」ホームページ、https://www.nagasekiyoko-hozonkai.jp

◇資料・写真提供 なんば・みちこ

◇あとがき

共に教育に携わりながら詩作活動を行う一方で、地域や行政、文化に長年貢献してきた井奥夫妻。その功績の集大成を、微力ながら一冊の本にするという大役を担う契機となったのは、私が展示を企画担当した「井奥行彦×なんば・みちこ　二人展」（2015）でした。

展示企画の機会をいただいたことは有難く光栄なことでありましたが、調査や研究を進めれば進めるほど、岡山の詩界に及ぼした影響力と重みを感じ、責務を果たすべく、精魂込めて取り組ませていただきました。会場には、ご友人、お仲間や同人の方々、教え子の皆様、そしてご家族が続々と来館され、展覧会は盛況のうちに幕を閉じました。

その後も精力的に詩作活動を続けられ、故郷・総社に詩碑が建立されるなど、お二人の歴史が刻まれていく中、多大なるご協力とあたたかいエールをいただき作業を進められましたこと、感謝の念に堪えません。

このたび、お二人の強い望みにお応えし、ようやく出版に至りました。本書では、お二人の岡山の文学、日本の文学への大きな貢献を皆様に知っていただくと同時に、後世まで文学史に残る功績はもちろんのこと、仕事を離れた日常で多くの人々に捧げた愛情――やさしさに満ち溢れたお人柄を広くお伝えできましたら幸いです。

生涯「詩」と「愛」にあふれた、お二人の人生への「敬意」と「感謝」を込めて。

2022年5月　奥富紀子

編著者略歴

奥富　紀子

岡山県出身。吉備路文学館の主任学芸員として長年勤務。森田思軒、正富汪洋、清水比庵、若山牧水、斎藤真一ほか、多くの岡山ゆかりの文学者を紹介。また、全国に先駆けて現代作家展を企画し、時実新子、小川洋子、あさのあつこ、高嶋哲夫、小手鞠るい等を紹介。作家による講演会やイベントを催す。退社後、現在は文学企画学芸員として、文学館の立ち上げや展示企画、出版物作成、講演、文学賞審査員等を行う。

岡山文庫　325　井奥行彦　なんば・みちこ
詩と愛の記録

令和４（2022）年５月26日　初版発行

編著者　奥　富　紀　子
発行者　荒　木　裕　子
印刷所　株式会社三門印刷所

発行所　岡山市北区伊島町一丁目４－23　日本文教出版株式会社
電話岡山（086）252-3175（代）　振替 01210－5－4180（〒700-0016）
http://www.n-bun.com/

ISBN978-4-8212-5325-8

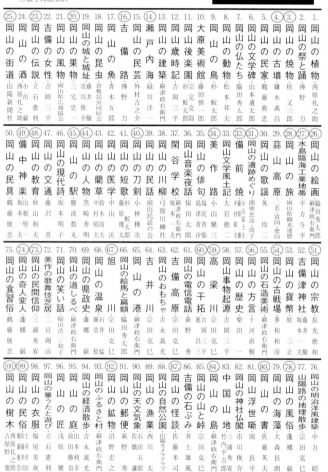

201. 総社の散策・神野力・葛原克人・加藤信二
202. 岡山の路面電車・楢原雄一
203. 岡山ふだんの食事・鶴藤鹿忠
204. 岡山のふるさと市・倉敷ぶんか倶楽部
205. 岡山の流れ橋・渡邉隆男
206. 岡山の河川拓本散策・坂本亜紀児
207. 備前を歩く・前川満
208. 岡山言葉の地図・今石元久
209. 岡山の和菓子・太郎良裕子
210. 吉備真備の世界・中山薫
211. 柵原散策・片山薫
212. 岡山の岩石・野瀬重人・沼野忠之
213. 岡山の能・狂言・金関猛
214. 岡山の鏝絵・赤松壽郎
215. 山田方谷の世界・朝森要
216. 岡山おもしろウオッチング・おかやま路上観察学会
217. 岡山の通過儀礼・鶴藤鹿忠
218. 日生を歩く・前川満
219. 備北・美作地域の寺・川端定三郎
220. 岡山の親柱と高欄・渡邉隆男
221. 西東三鬼の世界・小見山輝
222. 岡山の花粉症・三好・難波・岡 岡野・山本
223. 操山を歩く・谷淵陽一
224. おかやま山陽道の拓本散策・坂本亜紀児
225. 霊山熊山・仙田実
226. 岡山の正月儀礼・鶴藤鹿忠
227. 原子物理学の父 仁科芳雄・井上泉・イシイ省三
228. 赤松月船の世界・定金恒次
229. 邑久を歩く・前川満
230. 岡山の宝箱・臼井洋輔・臼井隆子
231. 平賀元義を歩く・渡部秀人・竹内佑宜
232. 岡山の中学校運動場・奥田澄二
233. おかやまの桃太郎・市川俊介
234. 岡山のイコン・植田心壮
235. 神島八十八ヶ所・坂本亜紀児
236. 倉敷ぶらり散策・倉敷ぶんか倶楽部
237. 作州津山 維新事情・竹内佑宜
238. 坂田一男と素描・妹尾克己・イシイ省三
239. 岡山の作物文化誌・臼井英治
240. 児島八十八ヶ所霊場巡り・倉敷ぶんか倶楽部
241. 岡山の花ごよみ・前川満
242. 英語の達人・本田増次郎・小原孝
243. 城下町勝山ぶらり散策・橋本惣司・倉敷ぶんか倶楽部
244. 高梁の散策・朝森要
245. 薄田泣菫の世界・黒田えみ
246. 岡山の動物昔話・立石憲利・江草昭治
247. 岡山の木造校舎・河原馨
248. 玉島界隈ぶらり散策・小野敏也・倉敷ぶんか倶楽部
249. 岡山の石橋・北脇義友
250. 哲西の先覚者・加藤章三
251. 作州画人伝・竹内佑宜
252. 笠岡諸島ぶらり散策・NPO法人 かさおか島づくり海社
253. 磯崎眠亀と錦莞莚・吉原睦
254. 岡山の考現学・おかやま路上観察学会
255. 「備中吹屋」を歩く・前川満
256. 上道郡沖新田・安倉清博
257. 続・岡山の作物文化誌・臼井英治
258. 土光敏夫の世界・猪木正実
259. 吉備のたたら・岡山地名研究会
260. いろはで綴る ボクの子供事典・赤枝郁郎
261. 民話の里 鏡野町伝説紀行・立石憲利・片田知宏
262. 笠岡界隈ぶらり散策・ぶらり笠岡友の会
263. つやま自然のふしぎ館・森本信一
264. 岡山の山野草と野生ラン・小林克己
265. 文化探検 岡山の甲冑・臼井洋輔
266. ママカリ ヒラに まったりサーラ・窪田清一
267. 岡山の駅舎・河原馨
268. 守分十の世界・猪木正実
269. 備中売薬・土岐隆信・木下浩
270. 倉敷市立美術館・倉敷市立美術館
271. 津田永忠の新田開発の心・柴田一
272. 岡山ぶらりスケッチ紀行・南一平・網本善光
273. 倉敷美観地区 歴史と民俗・吉原睦
274. 森田思軒の世界・倉敷ぶんか倶楽部
275. 三木行治の世界・猪木正実
276. 岡山路面電車各駅街歩き・倉敷ぶんか倶楽部
277. 赤磐きらり散策・高畑富子
278. 岡山民俗館 民具一〇〇選・岡山民俗学会
279. 笠岡市立竹喬美術館・笠岡市立竹喬美術館
280. 岡山の夏目金之助(漱石)・横山俊之・熊代正英
281. 吉備の中山を歩く・熊代哲士・熊代建治
282. 備前刀 日本刀の王者・佐藤寛介・植野哲也
283. 繊維王国おかやま今昔・猪木正実
284. 温羅伝説・中山薫
285. 現代の歌聖 清水比庵・笠岡市立竹喬美術館
286. 鴨方往来拓本散策・坂本亜紀児
287. 玉島 旧柚木家ゆかりの人々・倉敷ぶんか倶楽部
288. カバヤ児童文庫の世界・岡長平
289. 野﨑邸と野﨑武左衛門・猪木正実
290. 岡山の妖怪事典 妖怪編・木下浩
291. 松村緑の世界・黒田えみ
292. 吉備線各駅ぶらり散策・倉敷ぶんか倶楽部
293. 「郷原漆器」復興の歩み・高山雅之
294. 作家たちの心のふるさと・加藤章三
295. 自画像の異彩画家 河原修平の世界・倉敷ぶんか倶楽部
296. 岡山の妖怪事典 鬼・天狗・河童編・木下浩
297. 歴史・伝承・文学・アート 岡山の魅力再発見・柳生尚志
298. 井原石造物歴史散策・大島千鶴
299. 岡山の銀行 合併・淘汰の150年・猪木正実
300. 吹屋ベンガラ・臼井洋輔